団塊世代と若者世代へのメッセージ

―高齢老人の夢と希望　第一集―

藤田幸雄

郁朋社

団塊世代と若者世代へのメッセージ
—高齢老人の夢と希望　第1集—

「人間50年、下天の内をくらぶれば、夢幻の如くなり。ひとたび生をうけ、滅せぬもののあるべきか。これぞ菩薩の種ならむ。これぞ菩薩の種ならむ」

幸若「敦盛」の一節です。

私は80歳を過ぎた高齢老人です。長寿社会になり、高齢老人が増え続けている現在、人間50年の生を越えて元気で過ごせていることの幸せを噛みしめています。

私は70歳代で癌を2つ（大腸癌と前立腺癌）体験しました。2012年前立腺癌が再発しました。本書第10話でとりあげています。

残された時間をどう過ごすかを考え、2012年秋から執筆活動を始めました。この著作は5冊目です。1年間で4冊も出版したことになります。生ある限り執筆活動を続けたいとの思いから、今回から随筆風の著作に変えました。その第1集となります。これからの1年間に何冊執筆できるか、私自身がそれを楽しみにしています。体力は衰えましたが気力だけは旺盛です。変革が急激な今の時代、何をどう考え、どう対処すればよいか、優先順位をしっかり見きわめていくことで、少しでも社会に役立てばと願っています。

目 次

第1話

日本人よ夢と希望に挑戦し続けよう

～生きるとは　力を尽くして　燃えること～

「少年よ大志を抱け」これはクラーク博士の有名な言葉です。今の日本人には「日本人よ夢と希望を抱け」ということになるでしょう。

80歳以上の高齢老人は、第2次世界大戦、敗戦、戦後の復興、バブル、バブル崩壊と波瀾万丈の人生体験がありますが、団塊世代は、バブルの中で物質文明に満ち溢れ、消費は美徳という流行語のもとに、その殆んどが中流意識の中で成長しました。若者世代は、バブル崩壊と同時にゆとり教育が時代の流れとなり、その結果学力低下、実力低下を招き、この大不況が続く中で就職活動にあけくれています。

換言すると高齢老人は地獄を体験し、そこから這い上がり極楽を体験したのに対して、団塊世代は極楽で成長し、若者世代は団塊世代に育てられ、この大不況の中で右往左往しているということになるでしょう。

聖路加国際病院理事長で100歳を越えた日野原重明氏は、90に近い会長・理事の役職に就いて活躍し「挑戦する限り老いない」と意気軒昂です。

老人の最大課題は「自立して、健康である」ことです。そのために、年齢を問わず、自分でできることを見つけ出し、それに挑戦し続けましょう。

次に高齢老人の過去・現在の例をいくつか紹介します。夢や希望に挑戦し続けることの大切さが伝われば幸いです。

●事例1

私の親しい友人が過ごした過去の生活記録が手許にありました。

この友人は第2次世界大戦中に父親を亡くし、戦後の厳しい時代を母子家庭の次男として過ごしました。親戚の反対もあり、旧制中学校への進学が認められず、高等小学校を終えて社会に進出しました。その前後の記録です。この記録は京都市内の定時制（夜間）高校の統廃合により、平成23年度をもって74年間の歴史を閉じた定時制高校の記念誌に投稿されたものです。

家計を支えながら国立大学進学をめざす

昭和22年3月に高等小学校を終え、4月に九条工業学校電気科に入学。子ども4人の母子家庭で、私は次男。生活苦から高等小学校卒業と同時に就職、労務加配米が支給されるという理由から寿重工業の九条工場鋳物工として仕事に従事し、九条工業学校に通学する。電気科を選んだのは、電気の技術があれば海外への進出も可能という理由からだ。学制改革のため定時制には5年間通学したことになる。不況の影響で給料は遅配、青年部代表として本社の十条工場に何度も交渉に出向くが、九条工場は閉鎖となり退職する。当時、復員してきた立命館大学の学生を中心とした「読書愛好会」という組織があり、その仲間に入れてもらう。月刊誌を会員に巡回して配るという仕事だ。仕事仲間の殆んどが大学生。京大法学部の学生と親しくなり、大学進学を勧められる。高校4年のとき、京大受験を学校に申し出たが、定時制の工業学校からはとても無理だ、今までにもそんな例はないと一笑される。

定時制高校からの大学進学は、私学の二部（夜間）が関の山ということだ。国立大学なら工芸繊維大学の二部ならまだ可能性はあるだろうとのこと。工芸繊維大学の二部は3年間で短大ということなので、これは選択外。私学なら4年間で大学卒となるが、経済的に私学には進学できないから、とりあえず京大と京都学芸大学に挑戦することにする。当時は、京大が一期校、学芸大は二期校で両方を受験することができた。高校としてはずい分無茶を言う学生だと思われたことだろう。

大学受験については京大法学部の仲間が受験当日まで応援してくれた。京大は不合格だったが、京大を目標に受験勉強をした結果、学芸大は希望通りの数学科に合格した。定時制の工業高校から国立大学に現役で進学する学生の出現。高校側も驚きだっただろう。

大学進学に関して新たな発見があった。母子家庭であることが主たる原因ではあるが、①入学金の免除、②授業料の免除、③奨学資金（日本育英会）の支給（授業料の4倍）、これが4年間だからとても助かった。

学芸大卒業とともに京都市の小学校に就職したことから、奨学金の返済も免除となり、ありがたいことだと感謝している。

大学在学中も奨学金と家庭教師のアルバイトから、定時制高校時代と同じように家計を支えることができた。

環境に負けず、高い目標をもち、それを実現する気力と努力はいつの時代にも、とても大切なことだと、今、つくづく感謝している。定時制5年間の苦しい厳しい体験が、己を鍛え、大学卒業後の教職活動の大きな支えとなった。定時制で学んだことを誇りとしている。

●事例2　挑戦する限り老いはない

ここに紹介する文章は、先に記した日野原重明氏の『生きるということ』の一部を要約したものです。

筆者（日野原氏）は今年100歳を迎える。これまでの人生は助走段階で、さあ、これからジャンプだと感じているという。

卒業というと、日本では業を終えることを意味するが、米国では「コメンスメント・エクササイズ（commencement exercises）」という。直訳すると「実習の始まり。」それまでは準備で、これから実社会での新しい生活の中で本番の学習が始まる。生涯学び続けるということらしい。

日本では50歳代で肩たたき、60歳で定年となる。しかし、米国の大学では、やる気と実力があればテニュア（終身在職権）を取得し、生涯働き続けられるという。実力さえあれば学外から研究費を獲得し、大学に貢献もでき、定年はない。

筆者の場合は100歳に近づくほど、だんだん音が大きくなるクレッシェンドのようになる。講習や論文の数が年々増え、より生産的になってくる。今はパソコンが発達したお陰で、図書館に通わなくても文献検索が瞬時にでき、原稿用紙に時間をかけて手書きする必要もない。短時間で多くの情報を得て研究ができ、論文など生産物も多くなる。

これまでの人生で、引退して悠々自適に過ごそうと思ったことはないと言う。業を終えるという意味での卒業や定年は、筆者にはない。現在も聖路加国際病院理事長をはじめ、さまざまな財団や学会、学校の理事や会長など90近くの役職に就いているが、多くがボランティアだそうだ。

困った人を助けるボランティアの仕事は無限にある。報酬が発生しない自由な立場で、リーダーシップを持ってボランティアの仕事をやるときの生きがいは大きい。人は生きがいを感じながら年を重ねれば、いつまでも若くいられる。読者の方もぜひボランティアをやってほしいと言う。

そして、年を取ったから引退するのではなく、それまでやったことのない未知のものに挑戦してほしいという。やったことがないからできないというのは、能力がないのではなく、ただ単にそれまで能力を発揮する機会がなかっただけ。以前、107歳の女性が「米国に旅行するので、その前に健康診断を受けたい」と、筆者のところへやって来たことがあるらしい。80歳で初めて油絵を描き始め、非常に立派な作品を描くようになった人だという。107歳で米国に行き、マンハッタンで個展を開くほどになった。いい遺伝子があったけれども、それまで使う機会がなかっただけなのである。挑戦すれば才能は開花する。やったことがないから、と言わずに、とにかくやってみようとポジティブに生きることが大切。哲学者のマルチン・ブーバーは「人は創《はじ》めることを忘れない限り、いつまでも老いない」と言っている。いくつになっても前向きな気持ちで、新しいことに取り組めばできるのである。

常々三つのVを唱えている。まずビジョン（Vision）をしっかり持つ。そして勇気ある行動に挑戦（Venture）する。そうすると人生の勝利（Victory）が実現される。

100歳は次のスタートラインである。これからの10年を見据え、数ある役職も続ける筆者は現在、聖路加国際病院を基盤に、一般教養課程4年間、専門医学課程4年間の新しい医科大学を設立する一大プロジェクトに挑戦している。数年はかかるし、多額の費用も要る。そのために募金を始め、必ず完成させてみせると語っている。それが筆者ののミッション（使命）だということだ。

●事例3「どんな手段を使っても生き抜く」そんな覚悟を持ちなさい」

以下の文章は「なあなあでは生きていけない」と主張する曽野綾子氏が雑誌に投稿した原稿を要約抜粋したものです。

- あれも嫌だ、これも嫌だとわがままだけは一丁前の若者たち。暇とカネを持て余して、世の中の役に立たない老人たち。日本という恵まれた環境から放り出されて、やっていくだけの気概はあるのか。
- いまの若者には「好きな仕事に就きたい」「十分な収入が欲しい」という形で夢を追っていつまでも働かず、いざ職に就いてもあっという間に辞めてしまう人が多いと聞く。しかし戦後の焼け跡には、浮浪児同然の境遇から這い上がった人々もいた。いまも世界には、今日の食べ物のために裸足で働く人々がいる。死に物狂いで打ち込むものも見つけず、かといって、どんな仕事だろうとやってやるという覚悟もなく、贅沢に仕事を選り好みするなどもってのほかである。
- あれも嫌、これも嫌と言うのではなくて、できる範囲のことをやる。必要に迫られて働くという覚悟も、普通人生には必要なのだ。そしてこのことは、若者だけでなく、定年を迎えた大人にも当てはまる。
- なあなあで生きてゆけるほど世の中は甘くない。人は誰しも神と悪魔の中間で生きている。純粋な善人も、純粋な悪人もこの世にはいない。むしろ、人間の悪い面を理解し、それとうまく付き合う術を身につけてゆくことこそが、自立するということなのだ。
- 自立というと、長生きが増えた半面、老人にも自立心の乏しい人が多くなっている。長年大企業に勤め、高い地位に就いていた人ほど、定年を迎えると炊事や洗濯さえ一人でできない。それでいて、趣味の山登りに出かける体力はあるのに、働く必要はないと思っている。「老人はもっと働け」。元気がある限りは、人は死ぬまで、生きるために働くべきだと思うのだ。

・歳をとったら、会社や組織を離れて自分の力で働き口を見つけること。ある老舗料理店に勤めていた男性は、毎朝近くの老人ホームで働いている。もう自身が施設に入ってもおかしくないほどの年齢であるが、毎朝早くに出勤し、入居者の朝食の後片づけや昼食の配膳をしている。あまりお金にはならないけれど、入居者の話し相手をすると喜ばれるし、それが彼にとっても嬉しいのだと言う。そうして世の中のために働き、他人とつながり、自分のできる範囲で人を助ける。素晴らしいことだと思う。どんな人にも、程度は違えど、何かしらできることがあるはずだ。それに取り組むべきだと思う。

・徳のない経済活動は、一時は成功しても決して長続きしない。中国経済はいつか必ず失速するだろう。経済力に徳がついてくるのではなく、その逆に、徳に経済力が伴ってくるものだ。

・人間の徳と覚悟は、見せ掛けではなく、他人には目立たないところでどう振る舞えるかに最も表れる。

３つの例を挙げましたが、いずれも「生きる」ことの意味を表したものです。自分の人生は自分のものです。人につくってもらうものではなく、自分が創り出していくものです。たった一度の自分の人生です。どのように歩もうと自由ですが、そこに自己責任と自分としての誇りがあります。前向きに懸命に生きている限り、自分には生き甲斐が生まれ、社会にも少しは役立つものです。

第2話

団塊世代　自分たちの生き方を考えよう

～夢みのる　未来を見つめ　歩もうよ～

自由主義から新自由主義が台頭し、規制緩和・効率主義と世の中は急激に変化しました。ここ数年の変化の激しさの象徴としてITの普及が挙げられますが、これらの結果、格差問題がクローズアップされてきました。

時代の変化が激しいときほど、メリット・デメリットがはっきりしてきます。メリットを求めて時代は変化するのですから、これはさて置き、デメリットが大きな問題です。

新自由主義が生み出したデメリットとして、次のことを挙げることができるでしょう。

終身雇用制度・年功序列制度の崩壊の結果、

・日本の伝統的な知識・技術の伝承制度が破壊されたこと。
・高度な知識や技術が海外に流出したこと。
・国内の多くの産業が海外に流出し、国内産業が空洞化したこと。
・国民の経済格差が大きくなったこと、などです。

いよいよ団塊世代（60歳～70歳）の出番です。人の心を左右する社会環境では善のスパイラルと悪のスパイラルが大きく働きます。世の中が良い方向に変化していくときには善のスパイラル、悪い方向に変化していくときには悪のスパイラルが渦を巻き起こします。アベノミクス現象で、今、日本は世界に大きく躍進しようとしています。

第1話で、曽根綾子氏が団塊世代を「暇とカネを持て余して、世の中の役に立たない老人たち」と痛烈に批判していることを挙げましたが、私は団塊世代こそが、かつて日本の戦後復興を起こしたような大きな役割りを果すだろうと信じ、期待しています。

まずは、組織にとらわれない自由な立場で、高度な知識や技術を現役世代に伝承してほしいと思います。電気産業不況の中で大手電気産業から多くの技術者が退職し、それらの技術者が集まって興した新しいベンチャー企業を政府も財政的に支援する姿勢を示しています。新しいベンチャー企業と国内の中小企業が連携することで、日本の産業の復活が現実のものとなってきました。団塊世代の生き方・力量が試されるときです。団塊世代が活躍しているニュースが増えてきました。私は、善のスパイラルが渦を巻き起こしつつあると感じています。この渦を大きく育てるのがマスコミの最も大きな課題でしょう。日本再生の要は団塊世代の活躍とそれを広く伝えるマスコミです。この意味で、日本再生は団塊世代とマスコミの双肩にかかっていると言っても過言ではないでしょう。新聞で報道された団塊世代の活躍を紹介しておきます。

●事例１　進めひょうたん島[3]　陸の船お前をどうする

（朝日新聞記事より要約抜粋）

岩手県釜石市の観光船「はまゆり」は、年一度の保守点検のため大槌町赤浜にある造船所に来ていた。その船は、津波に流されて赤浜の家々を壊して回り、波が引くと民宿の上に乗っていた。その姿を「忌まわしい」と言う人も多く、二次災害の危険もあって２ヵ月後に撤去、解体された。

10月、赤浜小学校の体育館に100人ほどの地元住民が集まり、有志の「復興を考える会」がまとめた地区の復興計画案を拍手で承認した。そこに民宿の上で座礁している「はまゆり」の復元が盛り込まれていた。

そうなるまでには、「考える会」会長の川口博美（62）と、山梨にアトリエを持つ彫刻家星野敦（58）との、激しいぶつかり合いがあった。

震災後、がれきと化した漁師町赤浜の小学校の体育館に、漁師や自営業者やサラリーマンが雑魚寝する日々が続いた。運動場でたき火を囲み「自分の町の復興は自分たちで考えないと」と言い合った。8月、「考える会」が生まれ、親分肌の川口はそのリーダーに推された。

赤浜地区は千人弱の地区住民のうち95人が死亡・不明になった。防潮堤近くで津波を見ていた人もいれば、高齢で逃げられなかった人もいた。川口は家族3人を失った。保育所にいた孫を妻が連れ戻し、病弱な母のいる家に着いた直後に津波が襲ったのだ。

川口は夜、布団をかぶって泣きながら「二度と同じ過ちは起こすまい」と自分を奮い立たせた。「災害に強い人づくりが必要だ」と思った。役場で町づくりや産業振興を担当した経験を生かし、20人ほどの仲間と計画を練った。

川口や多くの住民にとって、復興計画案の関心事は「どこに住めるのか」だった。そこに地元の人間でもない星野が「はまゆり」を持ち込んできたのだ。(中略)

星野が衝撃を受けたのが、民宿に乗った「はまゆり」の姿だった。「自然がこんな奇跡を生むなんて。」手がけた仕事を仕上げるうちに解体が決まり、保存を訴えるため駆けつけた時は、もう遅かった。

しかし、星野はあきらめなかった。「復元すればいい。日本の有名な建造物で創建当時のものは少ない。民宿は残っている。」高台のモーテルを根城にして「観光資源になる」と住民に説いて回った。「観光」という言葉は、川口ら住民に悲しく響く。「犠牲の象徴で商売するなんて。」川口と星野は何度も怒鳴りあいの議論をした。ほかの住民もその輪に加わった。

そして、最後は「鎮魂」へ歩み寄った。

教訓を後世に伝える「人づくり」に、これ以上の教材はない。犠牲を無駄にしない供養でもある。見学者が増えれば、線香の煙の絶えない場になる。

町全体の復興基本計画は、一帯を「鎮魂・教育の場」と位置づけた。

口は荒いが、「よそ者」と排除しない懐の深さが漁師町の赤浜にはあった。芸術のためなら知らない土地へも突き進んでゆく情熱が彫刻家にはあった。双方が正面からぶつかり、生まれた知恵だった。

復元の機運を高めようと、「考える会」の有志は年末、震災直後の「はまゆり」の写真をパネルにして、民宿の近くに立てた。

●事例2　声が聞こえる⑦　議場の代読　なぜ認めぬ

（朝日新聞記事より要約抜粋）

2002年7月、小池公夫（72）はささやかな集会を開いた。岐阜県中津川市議になって3年が経ち、次の選挙を翌春に控えていた。支持者を前に宮沢賢治の「雨ニモマケズ」をもとにつくった「議員活動の信条」を披露する。

〈雨にも負けず風にも負けず〉。リストラの相談に乗り、用水路の補修をかけあい、東奔西走。〈イツモシズカニワラッテヰル〉にかえ、〈いつも声なき声を聞いている〉〈そういう議員に私はなりたい〉朗々と結んだ。

高校教師、労組委員長、共産党市議と、人前で声を出す仕事を続けてきた。よく通る低音だとほめられることもあったという。

ある日、のどにしこりを感じて病院へ行った。下咽頭がんと診断される。20ヵ所のがんと一緒に声帯を切除し、小池は声を失った。

選挙は半年後に迫っていた。

家族は出馬に猛反対。命をかけることはない、と心配してくれる人がたくさんいた。一方で「声も出せんくせに」という冷笑も伝え聞こえた。小池は迷った末に立候補し、最初の選挙より票を増して当選した。声が出る時以上に、「声なき声」の代弁者でありたい、と思った。

「声なき議員」になった小池は代読で議会活動をしようと考える。発言したいことを書いて、同僚議員か議会の職員に読んでもらう。

議会運営委員会が何度も開かれた結果、代読は認められなかった。読み違えや、代読者の勝手な政治的パフォーマンスがあっては困るから、パソコンの音声読み上げ機能を使ってほしいという。

ところが小池はパソコンが使えない。毎月出している活動報告も、印刷のような四角い文字で手書きしていた。教師時代から学級通信をたくさん出すことで有名だった。やはり教師だった妻のり子(71)が言う。「私たちは、パソコンなしですんだ最後の世代です。食事も一苦労という体で、いちから始めるなんて、とても無理でした。」

次に議会は不思議な折衷案を出してきた。

一般質問の際、入力は議会の職員がするから、小池は音声読み上げ機能のキーを押すだけでいい。再質問や委員会発言の時は代読を許可するというのだ。

小池は代読にこだわった。選挙中、家族に演説原稿を読み上げてもらって、肉声で訴える力を感じていた。代読を認めている議会がいくつもあることもわかった。

2期目の任期4年目の12月、小池は「発言の権利を奪われた」として、市と代読に反対する市議たちを相手取って損害賠償を求める裁判を起こした。

「私が代読による発言を求める続けるのは、声を失った者の本当の苦しみを実感してきた私の思いをこめて発言するためには、機器ではなく、人間の肉声の方がはるかにまさっているからです。」

法廷に声が響いた。

07年1月、岐阜地裁で開かれた第1回口頭弁論。原告小池の意見陳述を長女木綿子（39）が代読した。

選挙演説も代読した木綿子は、法廷前後の集会などで決まって、小池の原稿を読むようになっていた。

「はじめの頃は棒読みだったと思います。間違えないように緊張して。だんだん、自分の思いが一緒になってくるというか、力が入って……。いまは父になりきるようにと考えています。」

結局、2期目の4年間、小池は一度も本会議で質問しないまま07年4月、議員を引退した。その3年後、岐阜地裁は、議会が折衷案を出すまでの一時期、参政権の侵害があったとして、訴えの一部を認めた。原告、被告ともに控訴し、5月に名古屋高裁で判決が出る。

追記

この第2話を書いた数日後（2013. 5. 11と5. 12）にNHKスペシャルとして「メイドインジャパン逆襲のシナリオ①」世界と闘える社会とは　パナソニックの大改革　稲盛流リーダー育成論と、「これが逆襲シナリオだ　日米独・国家の攻防激突！　3Dプリンター日本が勝つ秘策が続々」が放映されました。

中・小企業の技術に秘策があり、それを支援するのが官僚と政治家だということです。団塊世代の知恵と技術を生かすチャンスだと私は思います。ものづくり大国、日本の復活です。世界は、今、量から質へと転換しつつあるということでしょう。世界の国々が質においては日本には勝てないと、日本の技術のすばらしさ、日本人の知識の豊かさを再認識しだしたのです。

団塊世代の人たち、自分たちの力量を世界に示しましょう。日本人の伝統的な真面目さ、勤勉さの大切なことを次世代の人たちに伝えましょう。このことが、日本再生の原動力となれば、「自分の人生は正しかった。日本人として生きてきたことに誇りが持てる」と自分の人生の充足感も併せて持てます。団塊世代頑張れと私は応援しています。

第3話

ゆとり世代　さとり世代　心の動き

～信じよう　若い力で　世直しを～

日本人は働き過ぎだ。勉強し過ぎだ。といった世論の動きの中で小・中学校の学校教育が週5日制になりました。土・日の2日間の休みを自由に過ごすことで「ゆとり」ある暮らしを実現しようということでした。この「ゆとり教育」の結果が学力低下という現実です。

授業時間が減少したのに合わせて、学習内容も減少したのですから当然の結果です。大学生で分数の計算ができない。読書をしない学生増加……。世界の学力調査で、トップクラスにいた日本が今や発展途上国に次々と追い越され、下位クラスまで落ち込みました。

このままでは国際社会の落ちこぼれになるとの危機感から、ようやく「ゆとり教育」以前の教育内容に戻りましたが、教育現場はてんやわんやです。

ゆとり世代とは「ゆとり教育」で育った世代ですが、いつしか学力不足世代の代名詞になり、今ではさとり世代と呼ばれるようになりました。「ゆとり世代」という用語が差別用語の1つになってしまった結果、その反動として「さとり世代」という用語が生まれたようです。

この「さとり世代」のなかみが問題です。新聞報道によると、およそ次のように紹介されています。

●ネットの掲示板が名付け親　10代～20代半ば

さとり世代とは、インターネットの掲示板で自然発生的に生まれた言葉である。明確な定義はないが、①車やブランド品、海外旅行に興味がない　②お金を稼ぐ意欲が低い　③地元志向　④恋愛に淡泊　⑤過程より結果を重視　⑥ネットが主な情報源　⑦読書好きで物知り――といった特徴がある。

年齢層について、博報堂若者生活研究室アナリストの原田曜平さん（36）は「ゆとり教育を受けた世代とほぼ重なる」と分析している。「ゆとり世代」は主に2002～10年度の学習指導要領で学校教育を受けた人たち。1980年代半ば以降に生まれ、現在の年齢は10代～20代半ばにあたる。

「物心ついたときには景気が後退。一方で、ネットの普及で情報はあふれていた。物事の結果を先に知ってしまい、合理的に動く。『ほどほど』が合言葉になっている」という。

財団法人日本青少年研究所が2012年9～11月、日米中韓の高校生計約6600人を調査したところ、将来「偉くなりたいと思うか」の問いに「強く思う」と答えた高校生は日本が8.7％で最低だった。米国は30.1％、中国が37.2％、韓国は18.6％だった。

調査を担当した放送大学の岩永雅也教授（教育社会学）は「夢は、情報がないところに生まれる。他国には、まだ夢をみる余地がある。受験や就職の向こうに、いい生活があると思えなくなっている傾向が、日本には顕著だということだろう」と話している。（朝日新聞記事より要約抜粋）

この「さとり世代」について、朝日新聞は「いま子どもたちは」の特集の1つとして「さとり世代」を挙げています。次にそのいくつかを要約して紹介します。

●事例1　勝ちたいと思わない

東京都中野区の住宅街にある二世帯住宅で暮らす私立大学2年の百瀬郁君（19）は、編集プロダクション経営の父（48）、フリーライターの母（45）、都立高校2年の妹（16）と4人で暮らしている。

生まれたのはバブル経済崩壊後の1993年。いわゆる「失われた10年」の間に幼少期を過ごした。小学3年のとき、「ゆとり教育」が完全実施となり、土曜日がすべて休みに。週末には時々、サッカークラブの試合もあったが「寝ていることも多かった。」という。

中学の3年間、成績は悪くなかったが、通知表の「意欲」の欄には「C」が並んだ。通っていた塾では「人生を諦めているように見える」と言われた。「やる気がないわけでなく、必要ないと思っていた。」

リーマン・ショック直後の09年春に高校受験。両親は「都立の上位校に進み、有名大学に入ってほしい」と願った。本人は「きっと勉強しないだろう」と、私立大学の付属高校へ。昨春、そのまま大学へ進学した。

現在の学生生活は「のんびりしてる」。一緒に遊ぶのは、付属高からの友人や、今も続けるサッカークラブの仲間。アルバイトは、かって通った塾の講師。車の教習所に行ってはみたが、学科試験を受けないまま半年が過ぎている。

ある日曜日の朝。家族4人がリビングに集まり話し合った。

郁君について、母親は「さとり世代の特徴にぴったり」。ずっと歯がゆく感じていたといい、「やればもっとできるのに。どうしてある程度で満足するのか。友だちもずっと同じ。世界が広がっていない。」

母親は91年、父親は88年に社会人になった。ともに「バブル世代」だ。初任給を仲間で競い合い、出張では航空機のファーストクラス。「1年で給料が5万円上がった」なんて話もよく耳にした。

母親は都心で生まれ育った。「右肩上がり」の世の中を実感しながら青春期を過ごした。18歳のとき、一度入った短大をやめ、芸術学部のある私大に再入学。「『将来は編集者になる』と決め、そのために突っ走った。周囲も自分も『夢はかなう』と信じていた」

89年、昭和から平成へ。父親も「あのころは自分の可能性は無限大だと信じていた」と振り返る。三重県出身。テレビの討論番組で論客らが日本の将来をめぐって熱く語る姿を見て、東京に憧れた。通っていた県立の進学校では、試験の成績は100位まで公表された。「常に戦うように仕向けられていた。人を蹴落とすという感情をむき出しにする時代だった。」

それを聞いた妹は、「何それ。最低!」と言う。

妹は制服がなく、髪形も自由な都立高校に通う。アパレル関係の仕事に就くのが夢だ。「今は服がたくさんほしい。でも、自分も結婚相手も収入は普通でいい。」

郁君も「人に勝ちたいとか思わない。やりたい仕事ができて、家族と暮らせればそれでいい。ゆとりってそういうことだと思う」と言った。

母親が笑った。「バブル世代の私たちが何でも与え過ぎたから、『さとり』が生まれたのかもしれない。抑圧されていないせいか、2人とも反抗期もなかった。」

妹は「ゆとりも、さとりも大人たちが作ったもの。その考え方でまとめられたり、押しつけられたりするのが嫌だ。」

父親が口をはさんだ。

「郁は夢はないけど、バカじゃない。妹はのびのびしているけれど、現実的。遊びにも勉強にももう一歩踏み込んでくれないのはさみしいけれど、常に勝ち負けを求められてきた僕にとっては、うらやましくもある。」

●事例2　尾崎豊　ピンとこない

「権力や大人は悪ではない。社会秩序を守る存在で、反発する意味がない。最近の若者にはそんな認識が広がりつつある」

精神科医の香山リカさんはそう指摘する。

例えば、歌手の尾崎豊。大人への不満を歌い、かつては若者から絶大な支持を集めた。

〽夜の校舎　窓ガラス壊してまわった～この支配からの卒業

〽盗んだバイクで走り出す～自由になれた気がした15の夜

そんな歌に対して、「曲はいいんじゃない？　でもバカだなとも思う。」新潟県新発田市の県立高校3年生伊藤優也君（17）は言う。歌詞は、どれもピンとこない。同級生で同県阿賀野市在住の片山凌雅君（17）も「下手したら退学になる。」2人で声を合わせて「めんどくさい」と笑う。

伊藤君は「俺、頭悪いですよ。勉強しないし、学校よりバイト優先だし。」でも、先生に反抗することはない。「周りにもそんな人いない。適当にうまくやった方がいいよ。」

長年、尾崎豊について学生の意見を聞いてきた香山さんは「尾崎の抱えた不満の理由を分からない学生が増えている」と指摘する。とくに最近の10代は損得に敏感で、合理的で、「それに比例するように親への反抗も減っている」と言う。

博報堂生活総合研究所が、小4～中2を対象にした定期調査だと、近年は「家族との親密さが増している」という。2012年の調査で、「家の中で一番いる場所」として、「自分の部屋」でなく「居間」を選んだ子は76.2％、1997年は56.4％、07年は63％で、一貫して増えている。「家族といるとほっとする」と答えた子も、97年は34.5％だったのが、12年には45.8％まで増えている。

中学生たちに聞いてみた。東京都杉並区の中学1年生、網倉優菜さん（12）は「お母さんに反抗したことなんかない。」同級生の松下円さん（12）も「お母さんの反応は読めるし、ケンカにもならない。」松下さんの父親（51）は自分の子ども時代に比べ、今の子は大人を客観的にみているような気がします」と話していた。

この第3話を書いているとき、この若者たちの生活行動に追い打ちをかける記事が「週刊現代」5月25日号に特別レポートとして「若者たちよ、いったい、いつ本気を出すんだい？」の表題で発表されました。そのレポートの一部を要約し次に紹介しておきます。

●事例3　若者たちよ、いったい、いつ本気を出すんだい？

（失敗はすべて他人のせい）

大手自動車メーカーの人事部長が言う。国内営業所に、英語力が売りで、TOEICが800点であることを自慢しているが、営業成績がなかなか上がらない若手社員がいた。彼は上司から叱責を受けるたびに『英語を使ってグローバルな仕事をしたい。日本人相手の営業では本気が出せない』と言い訳していた。

最近の若者はちょっとした理由ですぐに辞めてしまう。それを憂慮して、試しに海外営業部に行かせてみた。しかし、予想通り海外でも成績は上がらなかった。米国担当だったが、現地人が話す独特の訛りのある英語を全く聞き取れなかったという。

近年、あらゆる会社でこのように「オレ、まだ本気を出してないから」と主張する若者たちが急増していると言われている。

彼らの存在は、社会的にも関心を集めており、今年6月には堤真一主演の映画『俺はまだ本気を出してないだけ』も公開される。今作で監督・脚本を務める福田雄一氏は言う。

「原作の『俺はまだ本気出してないだけ』っていうタイトルを聞いた瞬間、主人公の人格を全て表現していると感じました。本当にやりたいことがあるなら、『本気出してない』なんて、実力を出し惜しみしている場合ではない。これは最近の若者にも感じることですね。僕ら40代～50代くらいの世代は、本気を出していないという顔をしていても、ここぞという場面ではきちんとやる人が多かった。そのギャップがカッコいいと思っていた。しかし、いまの若い子は、本気で何かにぶつかることをしない。全力でぶつかった結果、実力が自己評価よりも下だとわかるのを怖がっているんです。」

監督の周囲にも『放送作家になりたい。映画監督になりたい』という若い人はたくさんいるが、『じゃ、何か作品を持ってきて』と言うと持ってくる人は本当に少ないという。

前出の人事部長は、「本気を出すことを恐れる若者」の特徴をこう語る。

「彼らは、何を聞いても必ず、話す前に『まぁ』とか『一応』といった前置きをする。昔からこの手の若者はいましたが、かっては単純に自信がなくてこういう言い方をした。しかしいまは、傷つけられたくない自分のプライドを守るための保険として、こういった言葉を連発する」

中略

（もっと必死に生きたまえ）

自分の能力を「安定」のためだけに振り向ける。そこには、かって一世を風靡したモーレツ社員とはあまりにかけ離れたサラリーマンのライフスタイルがある。現状維持こそ最高の状態であると考える彼に、いくら本気を出せと言っても無駄だろう。

数学者でお茶の水大学名誉教授の藤原正彦氏は、「本気で働かない若者」たちには共通の「勘違い」があると指摘する。

「資本主義が成熟し、富が蓄積されると、人というのはあくせく働かなくなるものです。20世紀になって世界の国々が低迷するようになったのは、まさに成熟した資本主義が原因でした。日本で本気で働かない若者が出てきたのは、これまで日本が蓄えてきた『富のおこぼれ』で生きていくことが出来るからで、その意味ではいまの日本の若者は世界一幸福な世代といえるでしょう。

ただし、ほんの少し前まで、世界中のどこの国も本気で仕事をしない中、日本は懸命に頑張る国でした。日本人は常に誠実で忍耐強く、時間も納期もきちんと守る。資源を持たない日本にとって、これはごく当たり前のことで、そうしなければ生き残れないという切迫感があった。ところが、安易なグローバル化を標榜することで、いまや日本は『本気で働かない若者』だらけの普通の国になりつつある。これは堕落以外の何物でもない。世界中が遊び呆けていても、日本は勤勉であるべきだと、私は考えています」

若者たちよ、いったい、いつ本気を出すのか。少なくとも、リストラや左遷をされてからでは、本気を出しても手遅れだと知ったほうがいい。

新聞、週刊誌の最近の記事から、事例1、2、3と3例を挙げましたが、「ゆとり世代」「さとり世代」への世間の批判は痛烈なものです。それでも、私は若者を信じ、若い力に日本再生の夢を託したいと思います。その根拠は、①問題になっているさとり世代の大半は恵まれた家族の子弟であり、一定の基礎学力は身につけていること。②ゆとり世代の大学生や社会人が中心となり、さとり世代の恵まれない家庭の子弟に学力をつける具体的な取り組みを進めていること。③社会の現実は甘くなく、形式的な資格や実力だけではあまり役立たないという自覚が深まりつつあること、などです。

映画監督として活躍した故若松監督も若者たちに期待を寄せていました。その未公開インタビューの記事が朝日新聞に記載されていましたので，その主旨を付記しておきます。

怒れ　闘え　若者よ

2012年10月、交通事故後に76歳で急逝した映画監督の若松孝二さん。今春公開された遺作「千年の愉楽」の撮影直前、政治や戦争、脱原発などへの思いを語った映像が公開されずに眠っている。約1時間のインタビューで、老監督は今の若者たちを「なんでもっと怒らないんだ」と叱咤。次世代への期待も込めた「遺言」を残していた。

反戦や核叱咤の「遺言」

映像は2011年11月、「千年の愉楽」のクランクイン前日に記録されたという。フランスの映像作家グザビエ・ブリアさんが、日本を題材にしたドキュメンタリー取材の一環で、若松さんに東京都内でインタビューした。今も映像を保管する京都市の写真家、田村尚子さんも立ち会った。

若松さんは生涯、権力や世相にあらがうような作品を世に問い続けた。暴力やセックスなど人間の本性をえぐる挑発的な表現で注目を集め、70歳を超えても意欲的に映画を作り続けていた。

映画を撮るときは色んな人に左右されないで、自分のお金で、借金しても。その代わり自分の好きなものをつくる。

映画「キャタピラー」では、戦場で四肢を失い、「軍神」にまつりあげられた負傷兵の夫に尽くす妻の姿や心の葛藤から戦争の無残さをあぶり出し、世界的ヒットとなった。

若松さんはインタビューで、時代を変えるのは「若者」と強調した。

政治を変えるなんてのは、殆んど日本には不可能ではないか。本当は若者が変えなきゃいけないのだけど。

原発問題については、自ら反原発を訴えてきた立場から、福島の事故後も脱原発が進まない現状に「火の粉が落ちないと気付かないのか」と憤った。

作品の根底にはいつも怒りがあった。

「どうして怒らないんだ。もっとみんなが怒れば立ちあがれば、はっきり言って変わるんだ。ぼくは映画を通じて闘っている」と。

反対する人がいない限り、どんどんどんどん国家が悪くなる。

しかし、若松さんの死去を受けてドキュメンタリーの制作は中止になる。インタビュー映像を託された田村さんは今回、「私のところにとどめておくのは忍びない」として、朝日新聞に映像を提供した。

田村さんは、若松さんの様子をこう振り返る。「多忙ななか、フランスの監督のインタビューに応じてくれた。日本にとどまらず世界に発信し、日本をもう一度見つめようという確固たる姿勢が感じられた。

—反戦への思い—

戦争に、たった一銭五厘でちっちゃなはがきで、みんな行って死んだ。自分が小さい頃、行ってらっしゃいと送り出した。みんな死んで、それが本人のお骨だかわからないような骨を入れて帰ってくる。そういう国家になっていいのか。

―核の恐怖―

各県に、町でもいいから原爆資料館をつくるべき。原爆は怖い、核ってのは怖いんだということを植えつけないとだめ。

―反原発運動について―

40 年以上、原子力発電所反対運動をずっとやってきている。なぜ東京で電気使うのに福島にわざわざつくる。危険だからつくるわけです。

―声を上げない日本人―

小さなものは、本当は集まれば大きくなる。でもみんなが集まろうとしない。日本人の悪い癖。自分が主導者になりたい。グループがおきると必ず権力ができる。権力を離したくないから自分に反対するやつを蹴る。学校のいじめと同じ。会社にもある。生意気なことを言うと飛ばされたりする。それが怖いから、何もみんな言わない。何も言わず黙ってやるのが日本人。それが美徳とされた時期もあるけど、そんなことやっているから、どんどん違う方向に走っていく。

若者よ怒れ！　若松監督の考えに私は全く同感です。「ゆとり世代」「さとり世代」そしてやがて「目覚めた　怒る若者　世代」となるでしょう。連合赤軍あさま山荘への道程は私たち高齢老人が身をもって体験した道程です。これと同じ道程を辿ることはないでしょう。知識も論理力も豊かな「若者世代」の出現です。

史上最高齢の80歳でエベレスト登頂に成功した三浦雄一郎さんの信条は「目標を持って生きれば、わくわくできる」です。

アベノミクスの第三の矢の中心は「教育力の重視」です。政治力の追い風を受けて、三浦さんの快挙に刺激され、怖さを恐れない若者世代のパワー出現を期待しています。

第4話

どんなことでも　一番がいい

～めざそうよ　その生き甲斐が　必要だ～

「1位でないと駄目なんですか。2位じゃ、だめなんでしょうか」これは国の財政を立て直すために予算削減を目指す国会での議論の一コマです。日本の科学技術研究費を大幅に削減するために、これまで世界一を誇っていた大型スーパーコンピューター「京」の研究開発費を削るために、政府側から発されたものです。

日本のスーパーコンピューター「京」は世界一の性能を誇っていましたが、研究開発費が削減されることになり、アメリカにその順位を譲ることになります。世界一であるか、ないかで、その国の科学技術の力量に大きな差がつきます。世界一を守り続けるためには、新しい知識や技術の革新が常に必要です。

国会での議論の焦点は、多額の研究開発費を使ってまで世界一でなければならないのかということでした。

議論の結果、予算は承認されそのときは世界一を守ることができましたが、今ではアメリカに追い越されました。科学技術の進展は日進月歩でとても激しいということです。

世界一の座をとり戻すために、日本の科学者は今も総力を挙げています。

どんなことでも1位の座を守ることはやさしいことではありません。スポーツの世界では金メダル。囲碁・将棋の世界では名人位ということです。

1位を目指し、それぞれがどれ程努力を続けているかは万人が認めるところです。

この努力の結晶が1番であり、そのことで世界の注目が集まるのです。1番になれる能力（知識や技術）がありながら、その力量が発揮できないということはとても残念なことです。できないことはできない。けれどもできることには最善の努力を続ける。この「心意気」がとても重要です。

第3話でとりあげた「ゆとり世代」「さとり世代」の心の変化は1番でなくても、2番・3番……でもいいでしょうといった考えに変化が見えてきたことをとらえ、何とか1番をとり戻そう、自分の能力を高めようという呼びかけです。

本来、政治の世界は前向きの姿勢が最も重要であり、その覚悟と強い意志で国民を、国家を元気づけていくものであるはずです。幸いにも、わが国の科学技術のすばらしさは維持されましたが、同じようなことが教育問題でも言えます。

経済が低迷すると、経済面ばかりがクローズアップされ他は切り捨て去られる。そのことを政治家が率先して進めるのですから、気がついてから取り戻すのは並み大抵のことではありません。学力低下問題で、現在日本は右往左往していますが、これも政治家が「教育」を甘く見て、教育予算を相対的に縮小してきた結果です。
「教育は国家百年の計」と明治の人たちが努力して築きあげた教育大国は、みるも哀れな教育小国になってしまいました。

優秀な人材は海外に流出し、国力は落ちていくばかりでした。
「失われた20年」この責任を政治家はどう償うのでしょう。落ちるところまで落ちたその結果の国民の選択、日本人はさすがにすばらしい。自分たちが立ち上がらなければ、日本は消滅するとその心意気を示したのが前回の衆議院議員選挙でした。この国民の心意気を正面からとらえようとする安倍第二次内閣もすばらしいです。

国民と政治家がタッグを組めば何事も好転します。まさに、善のスパイラルの開花です。

1番を目指しましょう。どんなことでもいいです。自分が得意とすることで、小さな世界から1番を目指し、次々に高めていきましょう。1番にはその能力に制限がありません。1番を目指すサイクルが動き出すと、自分のしていることへの夢や希望が広がり、楽しみが多くなります。このような記事が新聞報道でも増えてきました。そのいくつかを次に紹介します。

●事例1　ピアノと未来へ羽ばたく

（朝日新聞　いま子どもたちは　心の目で学ぶ⑩より要約抜粋）

東日本大震災後、目が見えない自分を責めていた。

「どうしたら被災者の役に立てるのか」

愛知県岡崎市の県立岡崎盲学校中学部2年、藤吉乙羽さん（14）ら中学部10人は昨年度、支援ソング「希望～岡盲からのメッセージ」を作った。

それぞれが考えた歌詞を30行につなぎ、メロディーに乗せ、乙羽さんがピアノを弾いた。

♪辛く苦しいこともある　誰のせいでもないのに　大丈夫ですか
　体に気をつけて　一日でも早く　笑顔が戻りますように

「誰のせいでもないのに」は、乙羽さんの言葉だ。

「視覚障害者だということをこんなに悔しく思ったのは生まれて初めてでした。でも好きな音楽を通して力になれるとわかりました」

曲ができた後、感想文にそう書いた。

生後まもなく、眼球に発生するがんの一種である網膜芽細胞腫とわかった。両親は、乙羽さんの命を最優先に、1歳で右目、3歳で左目の摘出手術を受け入れた。

歩き始めや言葉の覚えはふつうの子と変わらなかった。「何でもできるんだな」と母の佳子さん（44）はうれしかった。5歳のとき、「ピアノをやってみる？」と水を向けた。

曲を聴いて手指で覚えていたが、点字楽譜をものにして、小学部の高学年でモーツァルトやシューベルトなど難度の高い曲が弾けるようになった。

中学部2年の6月、音楽教諭の森崎裕美子さん（35）に「音楽の道に進みたい」と相談した。

森崎さんは乙羽さんの背中を押した。2人は「どんなに嫌になっても、音楽をやめない」と約束した。

音楽教諭の夢を抱き、東京の筑波大学付属視覚特別支援学校高等部・音楽科をめざす。「好きな音楽を仕事にしたい。自立してたくさん友だちをつくりたい」両親が「世界に羽ばたく乙女になれ」との願いを込めた名前にように、前向きに生きている。

●事例2　親の失業　支え合い学ぶ

（朝日新聞　いま子どもたちは　上を向いて[4]より要約抜粋）

あの頃を思い出すと、ユミさん（17）は今も涙が出るという。

「私、辞めます。」通っていた学習塾に電話したのは2年余り前、中学3年の12月だった。

リーマン・ショック後の大不況。地元は自動車工場のリストラで騒然としていた。そんな中、別々の工場に勤める父と母が、ほぼ同時に解雇を通告された。

ペルーに生まれ育ち、日本語が不得意な両親に、次の仕事は簡単に見つからないだろう。日ごろ親とお金の話はしなくても、3万1千円の月謝が家計を圧迫することぐらい、痛いほどわかった。

電話口の事務員にわけを話すうち、不安に押しつぶされそうになった。県立高校入試は2月に迫っている。「受験、失敗するのかな」思いがこみ上げ、涙声になった。

ところが事務員は意外なことを言った。「お金は払わなくていいから今まで通り勉強しにおいで」

塾には、主たる生計者に不幸があった場合、成績不問で一切の学費を免除する制度がある。保護者の他界を想定した制度だが、失業も「不幸」に変わりはないからと塾はこれをあてはめてくれた。

塾の創設者の妻は父が早世して大学に行けなかった。それで設けた制度なんだと後から聞いた。

ここまでしてもらったから、絶対に受かろう。やる気がわいた。パティシエになりたいという中学時代からの夢に、本気で挑戦しようと考え「フードデザイン」の授業がある高校へ、志望校のランクを上げた。無事、志望校に合格した。

もちろん、バラ色ではない。

父母は再就職できたものの、収入は不安定。ユミさんはコンビニやラーメン店で週4日アルバイトをし、高校を出てから製菓の専門学校に進むための学費をためている。軽音楽部に入りたかったが、バイトのために諦めた。無駄遣いはできない。

でも、とユミさんは言う。「家族でこれからどうしようって考えるから、団結力が上がった。親もつらいんだってわかったし、それまで口もきかなかった兄とも話すようになった。だから、失業は悪いことばかりでなかった。」

●事例3　難問だらけの社会　自分たちで変える

（朝日新聞　教育より要約抜粋）

〈新しい学力を育む教育〉そう掲げて集まったゆとり世代がいる。

2009年8月に東京の大学生十数人が始めたプロジェクト「わかもの科」は、高校生向けに、新しいスタイルの「授業」を提供している。「学外授業」と呼ぶイベントでは、毎回高校生が数人ずつに分かれて論議をする。テーマは政治、環境、金、死と幅広い。

大学1年の田中光輝さん（18）は、高3の昨年度にイベントに参加して「面白さにはまった」という。「それまで同級生とまともにぶつかり合うことなんてなかったから。」難しい話をする人は「めんどくさいやつ」で、話題は部活か女子のこと。退屈だった。

そんな時に「わかもの科」と出会った。「議論で年下に言いくるめられたんすよ。『やばい。世界は広い！』って楽しくなりました。」今はスタッフとして関わる。

「わかもの科」がうたう「新しい学力」とは何か。代表の古田雄一さん（23）は、「今までの日本の教育で育てられてきた学力って『与えられたものをこなすこと』だった。受験とか。学校のシステムもそうなっている。でも社会に出て行くと殆んどのことが答えがない」と答える。

そう。そして、ゆとり教育で文科省が提唱した「生きる力」も、同じ問題意識だった。

「先生には、自身が詰め込み教育を受けてきたからどうすればいいのかわからない人もいる。実は僕ら世代の方が、そういう社会の難しさを直感的に感じていると思う」

生まれた時には、この国の成長は終わっていた。政府に任せていても解決はしない問題が増えた。「僕らにとっては、少子化も就職難も財政難もただのニュースではなく、『自分ごと』なのだ。『自分たちさえよければ』と逃げることすらできない。だからみんなで一緒に考える」

ゆとり世代には、社会に積極的に関わろうとする人がいる一方、自信なくたたずむ人もいる。

日本青少年研究所が 2008 年に実施した中高生調査では、「自分はダメな人間だと思う」という質問に「そう思う」と答えたのは高校生で 65.8 ％、中学生で 56 ％だった。

古田さんは、高校生への「授業」の提供を通じて、同世代の結束も目指しているという。「自分たちが生きていく社会を、自分たちで考えたい。この時代の空気を誰より感じている僕らが動くことで、社会は変わると思う」

3 つの例を挙げましたが、いずれも自分が進む方向をしっかりとらえています。自分の生き甲斐を自分でつかみ、自分の足で歩み始めている若者世代の姿、その「心意気」を表したものです。1 位の座から 1 位の成果を生み出す。これが今後の課題だと考えています。

第5話

教育のあり方を考えよう。

～人づくり　心を育てる　場をつくろう～

虐待・いじめ・暴力と子どもたちを取り巻く環境は最悪の状態です。大不況の嵐の中で家庭環境が破壊され、その最も大きな被害者が子どもです。虐待を受けて育った子どもは、また虐待を繰り返すことが多いと言われています。この悪のスパイラルを断ち切らなければ、明るい未来は開けないでしょう。

この問題は日本に限った問題ではありません。経済格差の拡大、貧困を引き金に、アメリカ、ヨーロッパ、アジアの国々など世界各地で暴動が起こっています。

それぞれが置かれた立場で、今、何を最優先に行動を起こすべきかを判断することが重要です。子どもを守り、育てることを中心に、その場凌ぎではなく将来を見据えた行動を起こしましょう。

この非常時に政治家はどう対応するか。国民はしっかり見ています。横浜市で待機児童ゼロを実現し、安倍総理が訪問し、「やればできるんだ」と確信したというニュースがありましたが、全くその通りです。難問だらけですが、優先順位を決定し、計画的に実行する。これが政治家の仕事です。要は「やる気があるのか、ないのか」です。

待機児童ゼロの取り組みはすばらしいことです。子どもを守り、育てる環境としてとても重要ですが、このことと同時に、虐待の殆んどが家庭内で生じていることから、私は核家族の解消も進めるべきではないかと考えています。

私が子どもの頃は、父・母よりも祖父・母から多くの事柄を学びました。父・母よりも祖父・母との接触の機会が多かったからです。

核家族が主流となった今、ここにも大きな課題があると思います。核家族は各世代の考え方・生き方の違いから生じました。これに拍車をかけたのが政治です。

高齢化が進む現在、年金生活者が急増しています。この現状で、老人世帯は税制上優遇され、同居世帯は不利になるという現象が生じました。同居世帯では、世帯全員の収入が合算され、それをもとにして課税されます。特に問題なのは国民健康保険税です。老人は殆んどが社会保険から国民健康保険に変わりますが、老人世帯では大部分が医療費1割負担です。それに比べて同居世帯では3割負担となります。老人になれば医療機関に世話になることが増えますから、これでは同居世帯が減るのも当然のことでしょう。

政府が老人との同居世帯の優遇策を打ち出し、核家族が減少すれば、そのメリットはたくさんあります。

・保育所問題が解消される。
・人としてのコミュニケーションが増加する。
・老人から孫への文化伝承が日常的になる。
・老人に生き甲斐が生まれる。

まだまだあるでしょう。女が家を守り、男が外で仕事をする。この伝統を、老人が家を守り、若者が外で仕事をするという形に変えることで、家庭での子育て課題の大部分が解決されます。

子どもを守り、育てるために次に重要なのが義務教育の重視です。教育立国だった日本が学力面で世界の国々に次々と追い越され、今では教育後進国と肩を並べるまでになってしまいました。その原因は制度として義務教育は存続しているけれども、国の教育軽視が主たるものだと私は考えています。

「読み・書き・そろばん」と言われた、かっての日本の義務教育はすばらしいものでした。小学校3年生の学力で新聞が読める。加減乗除の四則計算ができるといった実力でした。

義務教育における学校の最大の課題は、子どもたちがそれぞれに備えている能力を最大限にひき出すことです。その核となるのが教科学習です。教科学習における学力向上を放棄したり、いい加減に扱うようになれば、それはもう学校とは言えないでしょう。

義務教育を重視することで、日本国民としての基礎学力を保障するとともに心と健康を守り育てる。この方向性を明確に示し、実行することがとても大事だと考えています。

これらの動きは横浜市の待機児童ゼロの取り組みをはじめとして、小・中学生の医療費無料への取り組みが各地方自治体で見られるようになりました。

教育の現場でも、義務教育段階の子どもたち１人ひとりに確かな基礎学力を定着させたい、学ぶことの楽しさと喜びを体得させたい、そのためにはどのような環境が必要なのか、どのような取り組みが大事なのか、と教師たちは模索し、行動を起こしています。そのようすがよく分かるようにまとめた新聞記事（朝日新聞）があります。次にその内容を要約抜粋しておきます。

●事例1　教育　あしたへ　先生の挑戦　どの子も分かる　追及

誰もいない教室で、佐藤靖泰（44）が算数の授業を始めた。「比例グラフについて学習します。この問題をグラフに表してみましょう」と電子黒板を指し、真剣な顔で解説する。その姿を、三脚に据えたビデオカメラが録画していく。

宮城県富谷町立東向陽台小学校は、仙台市郊外にある児童数１千人超のマンモス校だ。

録画した「授業」は、担任する6年1組（34人）の、1人ひとりのタブレット端末に落とし込む。それを児童は自宅に持ち帰り、授業の映像を見て、ノートにまとめる。学校では、その内容を復習し、発展問題や議論に進む。

学校と家庭の学習が反転するこの手法は「反転授業」と呼ばれ、米国の大学を中心に広がっている。

昨年10月、東北学院大との共同研究のため、クラスの児童全員にタブレット端末が配布された。佐藤はこれを機に、反転授業を小学校に持ち込んでみた。「今の子を見ていて、教室で一斉に教える従来型の授業に限界を感じていた」という。

「ゆとり教育」から「学力重視」への転換で、教える内容は増える一方。計算や漢字などの反復学習を宿題にしても、まったくやってこない子がいる。学力のある子ほど塾に通い、宿題も予習もしてくる。格差は広がるばかりだ。授業のレベルをどちらかに合わせるわけにもいかない。

反転授業の手始めとして、算数の比例の単元を選んだ。

数分間に編集した「授業」を7コマ分、端末に入れた。毎日1コマずつ見て、内容をノートにまとめるのが宿題だ。佐藤は児童たちに念を押すように言った。

「動画は、家で何回見てもいいんだよ」

翌日から、予想をはるかに上回る好反応があった。

「なんか算数楽しくなった」「わからないところで止めて何度も見られるのがいい」「わかるまで何度も見たから、授業でわからない感じがなくなった」

保護者と児童にアンケートをすると、家庭の学習時間が以前の1.5

倍に増えていた。佐藤は「個々のペースで基礎が理解でき、授業ではスタートラインがそろう。授業時間の短縮にも、子どもの自信にもつながった」と話す。

日本の学校教育は、全員に同じ内容を同時に教える「一斉授業」で定評がある。国民の学力を効率よく向上させる手法として、世界からも注目されていた。だが、佐藤も懸念するように、クラスの子の格差が広がるほど、上位、下位の子が置いてきぼりになり、必ずしも「いい授業」にならないという指摘も出ている。習熟度別や少人数指導などが広がったとはいえ、一斉授業がなお中心であることに変わりはない。

●事例2　自作教材で補う

「個の教育」を家庭と学校を組み合わせることで追求する佐藤に対し、島根県安来市立赤江小学校の井上賞子（45）は教室で「個の学習法」を教える手法をとっている。

彼女が担任する教室の隅には、スーツケースが20個以上並び、中には数えきれないほどの自作教材が詰まっている。

・筆算が苦手な○○さんに作った繰り上がり図つき「ひっさんノート」
・単位換算が苦手な○○さん用の「単位換算事典」
・最小公倍数がわからない子のための「公倍数ものさし」

この数年、目の前の子に合う教材を追究し、コツコツと作り続けてきた。「3年生の計算ができない6年生に、6年生の問題をやらせても勉強嫌いにするだけ。『眼鏡』や自転車の『補助輪』のような、その子にあった手立てを教師が準備すればずいぶん楽になる」

漢字でも計算でも、少しでもつまずきがあれば、独自の学習法を探る。iPad の学習アプリも使い、卒業した子にも支援の手をさしのべる。

一斉授業をする教師の多くは、教室の多数派のレベルに授業を合わせる。だが、筑波大付属小学校教諭の桂聖（47）が代表の「授業のユニバーサルデザイン研究会」は、理解できにくい子に注目し、どの子もわかる授業を目指す。

研究会は 4 年前に発足。特別支援教育の専門家も加わっている。評判が広がり、支部が関西、東海、和歌山、沖縄など 8 ヵ所にできた。昨夏の全国大会には、1 千人を超す教員が集まった。

「もっとはっきりとらえられる質問の仕方を」「この黒板の書き方では混乱してしまう。」毎月の定例会では、1 人ひとりの子へ配慮と理解のため、どんな授業の流れの工夫が必要かを模索する。

桂は言う。

「できない 1 人がいたら、その 1 人がどうすれば理解できるのか、『わからない』を追究してほしい。そこから、ほかのみんなの本質的な理解も始まる」

子どもを守り、育てる善のスパイラルは確かな形で動いています。この善のスパイラルの輪を大きく広げる努力を続けましょう。子どもを守り、育てるための国の予算は先行投資です。義務教育 9 ヵ年のなかみを充実させ、子どもたち 1 人ひとりに日本人としての基礎学力を定着させることで、世界でのトップクラスだった学力を取り戻すのです。

義務教育 9 ヵ年で身につけた基礎学力があれば、その実力だけでも社会人として立派に生きていくことができます。この意味でわが国の義務教育は１人ひとりの人生を創り出す基礎です。１人の人間として社会で生き続けられる強い「意志」と「心」と「学力」「底力」が育つ義務教育の場が必要です。

経済格差は実力が身につくと共に解消されていきます。それぞれの立場で誰もが生き甲斐を実感できる社会、そこにこそ人生の幸せがあると私は考えています。

第6話

人を支え育てる原点は絆

～何よりも　一番大事　絆糸～

東北地方を襲った大地震、それに重なる原発事故で、わが国は大きな災害に直面しました。この災害から3年目を迎えていますが、その復興は遅々たるものです。

「心より物」だというバブル時代の悪しき心が、そのまま復興予算を食い物にしている実態が次々と明るみに出てきました。物欲にとらわれる人間、しかも社会的地位の高い人達にその多くが見られるのは悲しい現実です。

平成25年6月3日の朝日新聞は、「復興予算流用　今も放置」「各省庁、震災にこじつけ」「復興予算　雇用でも流用」といった見出しで、被災地以外で1.2兆円もの高額が流用されていると報じました。昨年度は2兆円もの復興予算が流用され、国会で問題となり、今年度からは被災地以外には使わないと決めていた矢先の流用です。各省庁が競って、隠れみのを使い自分の省庁の予算獲得に奔走した結果の表れです。

汚職まみれの役所なんてぶっつぶせ！　と戦後復興に大きく貢献した民間人から貿易庁長官に抜擢された白洲次郎の心意気はどこに行ってしまったのでしょう。白洲次郎は「貿易こそ日本復興の道」と考えていましたが、貿易庁長官となってはじめて予算が集中している貿易庁が汚職まみれの役所であることに気づき、貿易庁を廃止して現在の経済産業省（元の通商産業省）を創設し、汚職の悪しき伝統を断ち切ったのです。

トップが変われば省庁の体質が変わる。これが官僚の特質です。トップの心意気が最大の課題です。2年続きの復興予算の流用、各省庁のトップはどう責任をとるのでしょう。復興予算は国民の税金に上乗せされた「復興増税」10.5兆円を元にしたものです。増税を食い物にされて国民は黙っていないでしょう。

このような現実の中でも、多くの国民は東北地方の一日も早い復興を願い、東北地方の人々を支えています。東北の人々から生まれた「絆」は、人間が人として生きるためには「人の絆」が一番大事なのだと訴え、復興活動に励む人々の輪を全国的に広げています。他人に頼らず自分たちの力で何ができるか、それぞれの立場で自分にできることから始めるのだという姿です。この活動ぶりは世界の注目を集めています。政治家や官僚の動きと、国民の動きの乖離に世界の国々は驚いていることでしょう。

「絆」この言葉には日本人のDNAが端的に示されています。日本人特有の「忍耐力」「精神力」「判断力」「行動力」「真面目さ」など、これらは日本人としての伝統的なものです。このことを示す記事が朝日新聞の人脈記に掲載されています。その一部を要約抜粋します。

●人脈記　民主主義　ここから④「事なかれ主義」を破れ

2011年3月11日、早稲田大学で心理学などを教える専任講師の西條剛央（38）は、東京都目黒区の鍼灸院にいた。

宮城県は震度7だと知り、両親が暮らす仙台の実家がつぶれたのでは、と心配した。幸い、父や兄からは無事を知らせるメールが届いた。

西條は赤ちゃん用の離乳食や紙おむつ、下着などを車に積み込み、560人以上の死者が出た宮城県南三陸町に仲間3人と入った。

被災現場は途方もなく広く、まだ物資が届いていない所がたくさんあった。西條自身ボランティア経験はゼロだったが、何かやらなければと思った。

家の残骸が一面に散乱する中、遺体の捜索作業が続く。破壊し尽くされた光景を前に西條は息をのんだ。

そんな時、偶然出会ったのが鮮魚店「さかなのみうら」社長の三浦保志（58）だった。店舗は鉄骨を残して津波に流されたが、三浦はボランティアと一緒になって避難所に物資を届けていた。

「町をゴーストタウンにさせてたまるか！　一日も早く店を再開して復興を引っ張るぞ」自らも被災しながら周囲を励ます三浦の姿を見た西條は「自分ができることはすべてやろう」と奮い立った。

三浦の先導で西條は避難所をまわった。拠点となる避難所には全国から届けられた物資が山積みになっていたが、少人数の避難所にはまったく届いていなかった。食料、衣類、水、暖房器具……。何から何まで足りなかった。

この時、2 人が直面したのは行政の「公平主義」と「前例主義」だった。

「被災者が 50 人いる避難所に物資が 40 個届くと、『不公平になる』といって配らない。まずは 40 人を助けて、残りの人には『ごめんね、今度届いたら優先的にまわすから』って謝ればすむのに」と三浦は当時の行政の対応を今も憤る。配られなかったおにぎりなどは消費期限が切れてそのまま捨てられた。何か新しいことを試みようとすると「前例がない」とにべもなく断わる避難所もあった。

当時、物資が被災者のもとに届かなかったのは、道路の寸断やガソリン不足だけが原因ではなかった。職員自身が被災するなど混乱の中にあったとはいえ、行政が責任回避の事なかれ主義に陥っていた面は否定できない。

それにしても被災地は広大である。個人が頑張って物資を運ぶのは限界がある。全国の心ある人たちの力を結集するしかない。

西條は悩んだ末、ホームページを作って被災者から聞き取った「必要な物資と数」を掲載し、それをツイッターでネット上に拡散しながら、送れる人には被災者に直送してもらうやり方を考えた。送り終えた分はホームページから削除した。

こうすれば物資を仕分ける人もいらないし、大きな避難所に物資が集中する事態も避けられる。三浦らが現地窓口になることを引き受けてくれたおかげで、「行政を通さず、必要としている人に、必要なものを、必要なだけ届ける」という「ふんばろう東日本支援プロジェクト」が誕生した。そこに多くのボランティアが集まり、「ふんばろう」は日本最大級のボランティア組織に成長した。

西條らが手がけた、被災者に心のこもった手紙を送って励ます「お手紙プロジェクト」は後に『被災地からの手紙　被災地への手紙　忘れない』として出版された。

一方、三浦も独自に海の幸を届ける「さかなのみうら物資プロジェクト」に取り組んだ。「多くの仲間の尊い命を奪ったのは海だけれど、この地域の真の復興は、同じ海の恩恵なくしてはありえない」

三浦は「それでも海に感謝」を合言葉に、今も物資を届けている。政府や行政の動きが停滞する中、知恵と勇気を持ち、ソーシャルメディアを駆使した民が、民を助ける。

「3.11 後の民主主義」につながる動きがここにある。

官僚の「事なかれ主義」や「保身術」の殺し文句は新聞記事にも示されている「公平でない。不公平である」「前例がない」の一言です。「前例」は自分が創っていくものです。時代の変化に対応して、「前例」を創り出す。それが一番重要な官僚の仕事ではないでしょうか。

　トップの覚悟はここにあります。「上意下達」の流れを「民意を吸い上げる」流れに変えない限り民主主義は育たないでしょう。「権力主義」を進めるのか「民主主義」を育てるのか。その姿勢が官僚のトップに問われています。

　この官僚トップの姿勢を大きく変える根幹は世論です。公務員は国民の公僕である。この原点に戻る大きなチャンスです。

第7話

高等教育のあり方が変わる

～今に見ろ　やる気で伸びる　底ぢから～

これまでは経済的にゆとりのあった階層（中産階級と言われていた階級）の子弟の多くが私学に流れていましたが、経済格差が広がりこの中産階級が減少する中で、これらの子弟の多くが国公立大を目指すようになりました。この結果、国公立大の受験競争から締め出されるようになったのが、経済的に恵まれない家庭の子弟です。昔と違って現在は、受験に塾や予備校が不可欠の存在になっています。独力で受験に備える子弟と、塾や予備校で受験勉強をする子弟との実力の差は歴然たるものです。

経済格差が学歴格差を生む。この結果、経済格差はますます広がるばかりです。

この現象は日本独自のものではありません。世界各国、とりわけ経済的に急成長している国々では貧富の格差は日本と比較にならない程激しく厳しいものです。その日の生活に追われ、教育そのものが受けられない階層と悠々と海外留学が可能な階層の出現です。

こうした中で安倍内閣は第３の矢の１つに教育力の充実を挙げました。私は正しい政治の方向が示されたと歓迎しています。教育力こそが世界で生き残る最善の道だからです。

IT（情報技術）の深化と普及に従って、私たちの生活のあり方が大きく変化してきました。しかもその変化は急速です。

学校教育のあり方も大きく変化してきました。第５話でその変化の様子の一端をとり挙げましたが、高等教育のあり方は、更に大きな変化の波で大きく変わりつつあります。義務教育で基礎となる学力をしっかり着けておけば、それから先の人生は貧富の差に関係なく、自分の考え方、生き方ひとつでどうにでもなる時代になってきたのです。

自分が、今置かれている環境に満足し、甘えたり、どうにもならないと悲観し、諦めない限り、自分に「やる気」さえあれば、生活そのものを大きく変化させることができる時代の到来です。

私の持論、義務教育には国が全て責任を持って最善を尽くす。高等教育は「やる気」のある人たちに国が協力する。つまり、義務教育は1人ひとりに優しく丁寧に行き届いた指導をする反面、高等教育は本人の責任と自覚のもとに厳しく指導する。「やる気」があって「努力」をする人だけに応援するということです。

IT の普及は、教育そのものを私の考えに合致するものにしました。

世界の有名大学の有名教授による講義が無料で受けられ、しかも連続講義を受けて提出物が認められると修了証まで取得できるというのです。インターネットでの受講ですから世界のどこからでも受講できます。修了証をもとにして有名大学の入学が許可されたり、就職先まで紹介されます。

これまでは「やる気」があっても恵まれない環境から抜け出すことができずに埋もれてしまう若者が多くいましたが、もうそのような時代は過去のものとなりつつあります。

これらのことを伝える新聞報道が多くなってきました。そのいくつかを紹介します。

●事例1　国境・年齢超えて学ぶ　広がる無料オンライン講座　モンゴルの16歳 MITへ　（朝日新聞記事より要約抜粋）

米国を中心に海外の大学が配信を始めた無料のオンライン講座を使い、これまで個人の努力だけでは超えるのが難しかった「壁」を突破する人たちがいる。地域や経済、年齢の壁を超え、新たな学びを渇望する受講生を追う。

モンゴルの首都ウランバートルに暮らす高校生バトゥーシグさん（16）が3月、米マサチューセッツ工科大（MIT）から合格通知を受け取った。MITの奨学金を受け、9月から学び始める。

教育機関エデックスで昨春、MITの講座「電子回路」を受けた。受講生15万人のうち満点は340人。当時15歳で満点を取った彼は、教授を「天才」と驚かせた。周囲に勧められてMITを受験し、合格。「エデックスがなければ今の僕はなかった」と喜ぶ。

父のスマホの仕組みを知りたくて分解し、「整然と並ぶ電子部品」に見とれたバトゥーシグさん。MITの名も知らなかった彼に講座を教えたのは、高校長（26）である。友人の大学院生を米国から招き、理科好きの生徒を集め、講座を使った勉強会を始めた。

バトゥーシグさんは毎晩講座に没頭し、課題を提出。わからない点は大学院生に聞き、放課後は一緒に回路を作った。英語の講座を理解しようと、手作りの単語帳は数百枚に達した。修了証の評価はA判定。

習った知識でバトゥーシグさんは、自宅アパートの駐車場に、車を感知して音が鳴る仕組みを作った。父の勤め先の古い機械から部品を探し、米国からも取り寄せた。近くで遊ぶ子どもの事故を防ぐためだ。将来は「人を幸せにするエンジニアになりたい」と話す。

講座の独学者　集う

5月のある日曜日、東京・渋谷。無料講座で独学する20〜50代の8人が喫茶店に集まった。呼びかけ人は、かつて不登校を経験した福岡市の新井俊一さん（35）。米スタンフォード大などのプログラミング系講座を三つ修了。豪メルボルン大のマクロ経済学も終えた。

集団生活が苦手で、中２を最後に学校に行っていない。「学校は嫌いだけど、学ぶことは好き。」と語る。18歳でアルバイトでIT企業に入り、本を読んだり先輩に聞いたりしてプログラム技術を磨いてきた。今は友人とベンチャー企業を営む。

この１年、教育機関コーセラの講座で学び、高度なプログラムを書く仕事に役立てている。「留学する余裕はなく、独学では到達できそうにないことをわかりやすく解説してくれる」と新井さん。「世界で一握りの人が受けてきた良質な高等教育が特権ではなくなったんです」

オンライン講座は今年アジアの大学にも広がった。東大や京大のほか、中国の北京大や清華大、韓国のソウル大も参入。「世界的なトップ層の争奪戦」（東大）が始まっている。米ハーバード大のサンデル教授のように、各大学は看板教授の講座を提供し、世界に教育力をPR。受講生の学習履歴を分析し、より効果的な教育方法の確立にもつなげる。講座を無料で公開しても、最終的にブランド力を高めると見込んでいる。

●事例2　地方受験生「壁」超える　開かれた学で

（朝日新聞記事より要約抜粋）

鹿児島県大隅地方の一軒家。明かりのついた部屋から笑い声が聞こえてくる。パソコン画面の中で板書を進める大学生の話を聞きながら、高校３年の女子生徒（17）がノートをとる。時折、大学生の冗談に笑う。

自宅の周囲は田んぼと茶畑。「車で20分もいけば塾はあるけど、大学受験の予備校はないです」

実業系の高校で就職組が多く、受験仲間は少ない。一人での受験は心細く、昨年8月、焦る気持ちが頂点に達した。悩みをツイッターに打ち込むと、知らない人から助言が届いた。

「マナビーというサイトを見てごらん」

学生ら200人が得意科目を教える授業動画が無料公開されていた。英語、世界史、古文に小論文。「必要科目が全部ある！」

学校から戻ると、授業動画を1、2本みる。1本15分前後だが、何度も巻き戻すので1時間はかかる。英文法の質問を書き込むと、質問文の5倍の量の回答が大学生から届いた。

「この出会いがなければ今ごろ一人で受験勉強していた。マナビーは地方の受験生の神様です」と女子生徒。母（44）は「娘が突然ネットに夢中になったので心配でしたが……」とうれしそうだ。将来は管理栄養士になり、家業のデイサービスで働くのが目標だ。

熊本県では公立高3年の受験生20人が1月、チーム「下剋上」を結成した。

九州以外の大学の雰囲気や特徴を知る大人は身近には少ない。オープンキャンパスに行きたくても、旅費や時間がなくて難しい。受験情報が少なく、近くに予備校もない。そんな不利な条件を、マナビーなどの情報を分かち合うことで逆転しようという狙いだ。

中心の女子生徒（18）は5人きょうだいの長女。「家族に負担をかけたくないし、そもそも遠くて予備校には行けない」

昨秋、東京に住む大学生の兄からマナビーを教えてもらったとき、受験は「個人戦」だから、一人で使おうとも思った。だが、ネットで教材や情報を必死で集めている同級生をみると、考えが変わり、周囲にマナビーを薦め始めた。

マナビーで教える大学生にも地方出身者が多い。2010年10月に開設。学んだ受験生が大学生になり、教える側になってもいる。花房孟胤代表（23）は「地方で得られる情報は圧倒的に少ない。同じ思いをしている後輩のためにギャップを埋めようと頑張っている学生が多い」と話す。

講義は国境を越えて

オンライン教育は、国境を越える。

モンゴル国立大学電子工学部のバサンジャルさん（20）はプログラミングの選択講座を受講している。週20時間は勉強にあてるが、大学での授業はない。

教えるのは、パソコン画面の中の米マサチューセッツ工科大（MIT）の教授。好きな所で好きな時に動画で学び、わからない点があればモンゴル大の講師に聞く。教室に集まるのは試験だけ。水準に達すればモンゴル大が単位を出す。

彼女はモンゴル大の教員が教えるプログラミング講座も受講済み。MITの講座を受けるのは「モンゴル大では教えない流行の手法を英語で学びたかったから。」英語が不得意なので深夜3時ごろまで動画を何度も見直し、分らない単語はネットで調べる。

モンゴル大は昨秋、MITの無料オンライン講座を導入。情報技術学部のロドイラブサル学部長（34）は「教室での勉強が得意な子もいれば、自宅が好きな子もいる。形はどうであれ、学べればいい。」来年度は両講座を選択制にし、どちらかの単位で卒業できるようにしたいという。

政府もオンライン教材の活用に意欲的だ。ガントゥムル文部科学大臣（40）は「高等教育の課題は、教育のオープン化」とし、教材の電子化と無料公開を進める。公開を渋る大学教員の意識改革を促し、教材の7割の公開を目指す。

ネットで無料公開される授業が増え、つながる誰もがどこからでも学べる時代。経済や距離、年齢の「壁」を超え、学びに励む姿を追った。

2つの事例を紹介しましたが、いずれも高等教育は特権階級だけのものではなくなったことを示しています。貧富の差、地域の差に関係なく、誰もが平等に受けられる時代になったのです。

今の日本の高等教育は肩書きだけの教育にまでなり下がっています。「ほんとうに大学を卒業したの？」と思われる一般常識も専門性も認められない「大学卒」が数多く出現しています。大学生という名のもとに遊びとアルバイトに明け暮れ、大学を卒業していくという現象です。大学卒という肩書きが信じられない時代です。

ようやく不況から脱却の動きが見えてきました。学歴ではなく実力が問われる時代の到来です。実力を備えた上で学歴があれば鬼に金棒です。無料のオンライン講座は、年齢、地域を問わず「やる気」に満ち溢れている人達に大きな希望を与えてくれました。この講座の普及で日本人特有の創造性が大きく花開くでしょう。

義務教育の充実と共に高等教育の広がりが、日本を再び世界のリーダー国に押し上げてくれるでしょう。

第8話

子どもの心に学ぼう

～まっ白な　心はいずこ　子らにあり～

めざましい技術革新で世の中は大きく変わりました。暮らしが便利になる中で経済格差は広がるばかり。

政府が発表した貧困家庭の多さ、それが今の日本の現実の姿かと驚いています。

青少年の犯罪増加、これもこの経済格差の中から生まれてきたのでしょう。

人間にとって最も大事な心がどんどん失われていきます。日本の伝統的な「優しさ」「人を思いやる心」をとり戻すことが政治の急務です。2013 年 6 月 20 日の朝日新聞天声人語にその方向性が示されています。次にその内容を要約抜粋しておきます。

イギリスの文豪モームの長編『人間の絆』は、一人の青年の成長と遍歴の物語である。作家は、登場人物にこんな言葉を吐かせている。「そこそこの収入がなければ、人生の半分の可能性とは縁が切れる」(行方昭夫訳)。貧乏は人に屈辱をなめさせ、いわば翼をもぎ取ってしまう、と。

その言葉を日本の子どもたちにも重ねてみたい。子ども時代の貧困が可能性を狭めてしまうのは、各種の調査で明らかである。この国では今、18 歳未満の 7 人に 1 人が「貧困」とされる水準で生活している。

とりわけ 1 人の親の世帯は 5 割強が貧困状態とされる。学ぶ希望を奪われる子は少なくない。そして親から子への貧困の連鎖となる。悲しい鎖を断ち切るべく、一つの法律がきのう成立した。

「子ども貧困対策法」と呼び名は堅いが、親を亡くすなどして実際に苦労をした学生たちの熱意が実った。集会を開き、デモで訴え、国会で意見を述べた。子どもの将来が生まれ育った環境に左右されない。そんな理念が法にこもる。

具体策はこれからになる。政府が大綱を作って定めるが、ここは造った仏にしっかり魂を入れてほしい。銀の匙をくわえた世継ぎの多い政界である。想像力を欠かぬように願いたい。

ものの本によれば、「貧」という字は「貝」を「分」ける意味だという。貝は古代、貴重な財産とされた。そこからの想像だが、富をうまい具合に分配して、貧をなくしていく政治がほしい。可能性への切符を買う貝を、どの子の手にも握らせたい。

「子ども貧困対策法」の成立、遅きに失しましたが、それでも政府が経済格差による貧困問題に正面から取り組み始めたことは高く評価するべきでしょう。日本の将来を支えるのは、今の子どもたちです。「子ども貧困対策法」の根幹は子どもの健康と教育にあります。まず健康を守り、次に人間としての心と基礎的な学力をしっかり身につけさせること。幼児の心には汚れはありません。純白そのものです。そのすばらしい心を汚していくのが今の世相であり、子どもをとりまく大人です。「子ども貧困対策法」を子どもの純な心に大人が学ぶ大きなチャンスにしましょう。

2013年6月23日沖縄で亡くなった家族や友人らに祈りを捧げる「慰霊の日」その追悼式で発表された「平和の詩」は純白そのものの子どもの心を素直に表現したものです。

小1「平和の詩」朗読　覚えたてのひらがな「へいわってすてきだね」

追悼式では、日本の一番西にある小学校、沖縄県与那国町立久部良小1年の安里有生くん（6）が、自作の詩を一生懸命読み上げた。

最近ひらがなを習い終えたばかり。県平和祈念資料館が募った「平和の詩」に寄せられた 1690 点の中から選ばれた。

へいわってなにかな。ぼくは、かんがえたよ。おともだちとなかよし。かぞくが、げんき。えがおであそぶ。ねこがわらう。おなかがいっぱい。

まだピカピカの黒いランドセルを背負って、3 年生のお兄ちゃん、成生くんと毎朝学校まで 15 分ほど歩く。その道ばたに大人の言う「平和」があると、育生くんは気づいた。

やぎがのんびりあるいている。けんかしてもすぐなかなおり。ちょうめいそうがたくさんはえ、よなぐにうまが、ヒヒーンとなく。みなとには、フェリーがとまっていて、うみには、かめやかじきがおよいでいる。やさしいこころがにじになる。

68 年前、島は米英軍の爆撃を受け、久良部の集落も燃えた。21 日の学校の平和集会では、そんな紙芝居も見た。

「ドドーン、ドカーン。」ばくだんがおちてくるこわいおと。おなかがすいて、くるしむこども。かぞくがしんでしまってなくひとたち。ああ、ぼくは、へいわなときにうまれてよかったよ。

空気の澄んだ日には、校舎から台湾の山々が見える。思いは海を越える。

へいわなかぞく、へいわながっこう、へいわなよなぐにじま、
へいわなおきなわ、へいわなせかい、へいわってすてきだね。

このまっ白な子どもの心がそのまま大きく育てば、自分さえ良ければ、自国さえ良ければといった今の大人の考えを大きく転換させるでしょう。貧困問題の解決が人権問題の解決に大きくつながります。

このまっ白な、純な子どもの心が大きく育つ環境を生み出そうと作り出された「子ども貧困対策法」。この法律の具体策が一日も早く示され、具体的な活動が日本全国で展開されることを祈るばかりです。

第 9 話

算数・数学を学ぼう

～数学は　見る目を拡げ　夢育つ～

第1回本屋大賞受賞作「博士の愛した数式」をきっかけに、数学が持つ「美しさ」「楽しさ」が多くの人たちに拡がりを見せています。理数教育が社会生活と大きく係わりを持ちながら「難しい」の一言で、特定の人たちにしか関心が持たれなかったのです。

数学は一般的に道具教科と思われ、研究を進めるための補助的なものとして扱われがちでした。この思いに大きなくさびを打ち込んだのが「博士の愛した数式」です。「算数・数学＝計算」の意識から数学そのものが持つ「美しさ」に目を向けさせ、多くの人に数学への興味・関心を抱かせた功績は大きいです。その意味で「博士の愛した数式」は名著の一つとして歴史に残るでしょう。「夜空の星の美しさと数学の美しさには、その証明の難しさに共通点がある」と博士は語っています。「博士の愛した数式」をきっかけに数学の美しさに更に一歩近づきたいと思う人にお薦めの書物として新装版『「オイラーの贈物」人類の至宝 $e^{i\pi}=-1$ を学ぶ』吉田　武著／東海大学出版会があります。

いずれにしても、この数学の美しさに触れるために必要なのは義務教育における算数・数学の学力です。特に小学校における算数の学力はとても重要だと私は思っています。80歳を過ぎた私ですが50数年算数教育に係わってきた半生を振り返り、小学生の算数の学力でここまでできるのだという著書『たかが算数されど算数』の題名で図形編・数と計算編・文章題編の3部作を2013年に出版しました。この書物を見ていただいても「算数の良さ」に触れていただけると思いますので、それぞれの一部を紹介しておきます。

〔図形編の一例〕

図のように、半径が1cmの円が7つある。影《かげ》をつけた部分の面積は1つの辺の長さが2cmの正三角形の面積の□倍である。

（灘中学校）

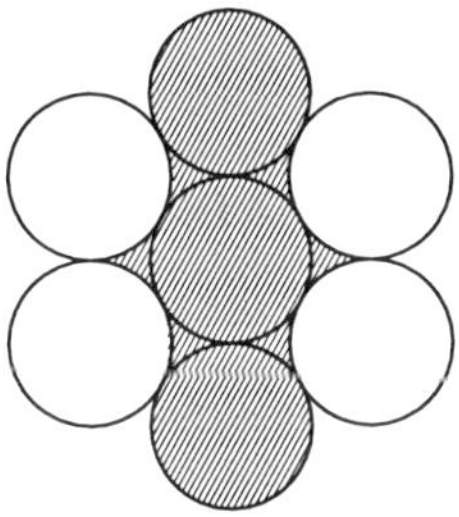

問題をとらえるポイント

◎形を変えて考える。

・問題に示された正三角形を図の中にかき入れて考えます。

問題に示された正三角形を与えられた図の中にかき入れると下図のようになります。これをもとにして問題を考えます。

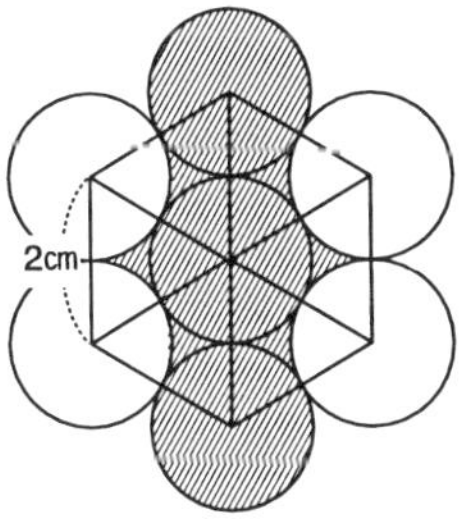

解き方と解説

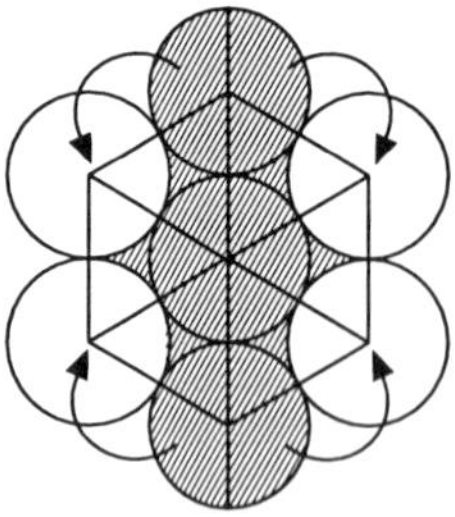

具体的なヒントで示した図(左図)をもとにして考えます。

斜線部分の一部を動かすと、斜線部分の面積が正三角形6つの面積と同じであることがわかります。

このように考えるヒントは問題の中にあります。「影をつけた部分の面積は、1つの辺の長さが2cmの正三角形の面積の□倍である。」 このことを活用します。

答え　6倍

このように、与えられた図形を面積が求めやすい図形に変化させて面積を求めることはよくあります。つまり、どう考えると分かりやすくなるか。単純化できるかということです。これも算数・数学のすばらしさの1つでしょう。

〔数と計算編の一例〕

(1) $1988\times63-1987\times62$

（関西学院中学部）

問題をとらえるポイント

◎分配法則の考えを利用する。

・分配法則の考えを利用するにはどうすればよいかを考えます。

解き方と解説

分配法則の考えが使えるように、次のように工夫して計算をすすめます。

$$
\begin{aligned}
1988\times63-1987\times62&=(1987+1)\times63-1987\times62\\
&=1987\times63+63-1987\times62\\
&=1987\times(63-62)+63\\
&=1987+63\\
&=\underline{2050}
\end{aligned}
$$

(2) 100から120までの中に、素数は何個ありますか。ただし、素数とは、1より大きい数で、1とその数のほかに約数がない数です。

（京都女子中学校）

問題をとらえるポイント

・100から120までの数を書いて、その中にある素数をみつける。

まず、100から120までの数を書きます。書いた数の中で、2で割り切れる数、3で割り切れる数……を見つけて消していきます。

解き方と解説

「エラトステネスのふるい」を利用すると、次のようになります。

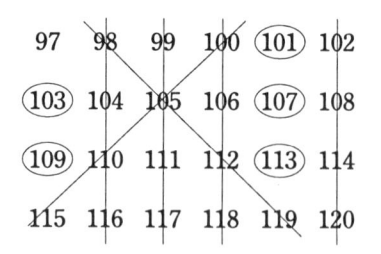

97	98	99	100	101	102
103	104	105	106	107	108
109	110	111	112	113	114
115	116	117	118	119	120

答え　5個

〔参考〕

素数について（1）

素数とは 1 とその数のほかに約数をもたない整数（約数が 2 個だけの整数）のことです。1 は約数が 1 個ですから素数ではありません。

具体的に素数を小さい順に書くと、次のようになります。

2、3、5、7、11、13、17、19、23、29……

1 から 100 までの整数の中には、素数は全部で 25 個あります。では、素数はどこまであるのでしょうか。「素数は無限にある」ことが証明されています。

「エラトステネスのふるい」については、次の素数について（2）で説明します。（次頁）

素数について（2）（素数を見分ける方法）

ここでは、素数であるかどうかを見分ける方法について考えてみましょう。

素数を見分ける最も簡単な方法は、その整数よりも小さい整数で割ってみて、割り切れるかどうかを確かめる方法です。ここでは素数でない数を次々に消していって素数だけをふるい残す方法を紹介しておきます。

72までの整数で○印をつけたのが素数です。この方法は「エラトステネスのふるい」とよばれているものです。

（現代数学教育事典）
（明治図書刊）より

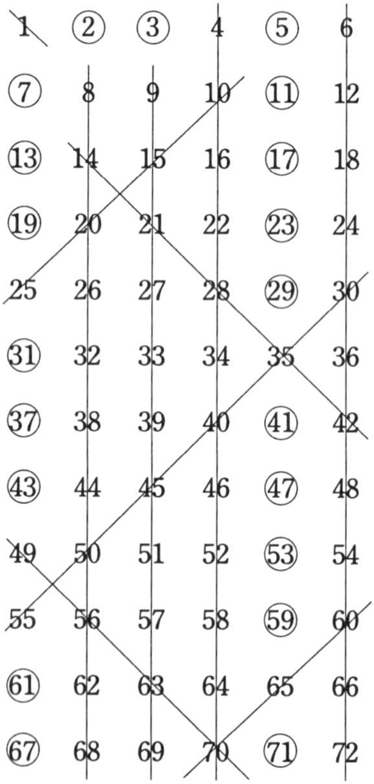

素数は、素数の掛け算で、ほかのあらゆる整数が作れることから「基本の数」と呼ばれ、その性質については今でも数学者の間では大きな課題になっています。次の素数がいつ現れるかは予想がつかず、素数の並び方の規則性もまだ分かっていません。

現在、分かっていることは、隣り合う素数は「2と3」だけで、「3と5」「5と7」のように偶数を1個だけ挟んだ素数の組が無限にあるだろうという予想です。偶数を1個だけ挟んだ素数の組を「双子素数」と呼び、先に挙げた予想を「双子素数予想」と呼んでいます。

〔文章題編の一例〕

Aのビンには8%の食塩水が300g、Bのビンには4%の食塩水が500g入っています。いまこの2つのビンから等しい量の食塩水をくみ出して、AのをBに、BのをAに同時に入れかえると、Aの中の食塩水は7%になりました。

(1) BからAに移された食塩水は何gですか。

(2) このときBの中の食塩水は何%になりますか。

（女子学院中学校）

問題をとらえるポイント

◎面積図に表して考える。

(1)Aの食塩水をもとにして面積図を考えます。

(2)(1)の結果を利用して、Bの食塩水をもとにして面積図を考えます。

(1) BからAに移された食塩水の量を□gとして、ポイントに従って面積図をかきます。食塩水の問題では濃さは%のままの数字を使って考えます。

(2) (1)の結果を利用して、Bに残っている4%の食塩水の量、AからBに移す8%の食塩水の量をもとにして、面積図をかきます。

解き方と解説

(1) 問題文を具体的なヒントに従って読みとると、8%の食塩水(300－□)gと4%の食塩水□gを混ぜ合わせると7%の食塩水ができるということになります。

これをもとに面積図をかくと、次のようになります。

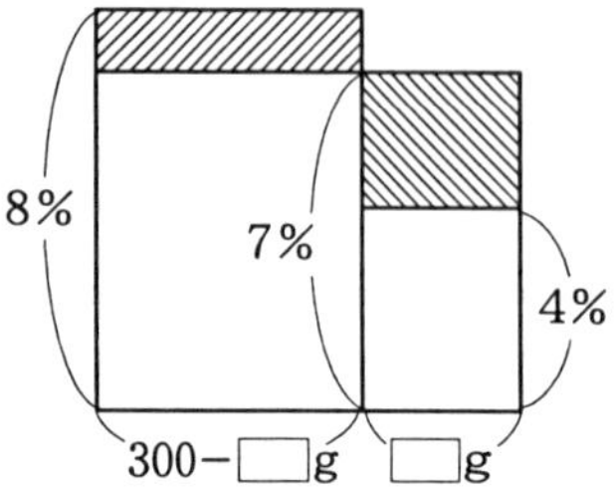

図の▨の部分と▧の部分が同じになります。

(300－□)×(8－7)＝□×(7－4)

300－□＝□×3

□×4＝300　　□＝75

答え　75 g

(2) 具体的なヒントに従って問題文を整理すると、8 ％の食塩水75g と 4 ％の食塩水（500－75)g を混ぜ合わせると何％の食塩水ができるかということになります。

これをもとに面積図をかくと、次のようになります。

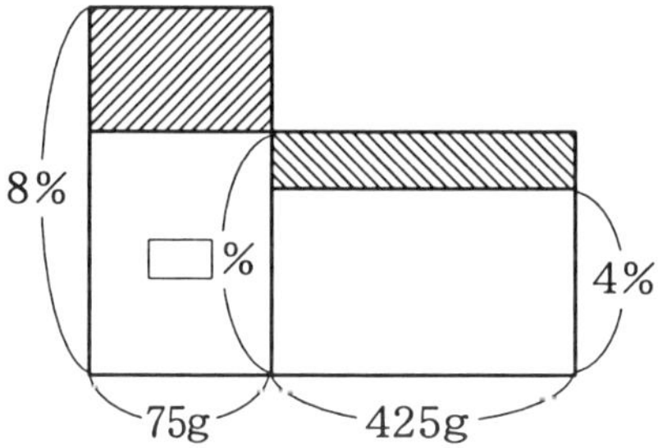

図の 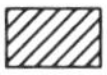 の部分と 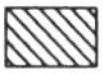 の部分が同じになります。

$75\times(8-\square)=425\times(\square-4)$

$600-75\times\square=425\times\square-1700$

$500\times\square=2300$

$\square=4.6$

答え　4.6 ％

文章題は、問題を読んですぐに解法に気がつけば、それでいいのですがそういうようにいかないことが多くあります。そこで問題を線分図や面積図などに表し、問題の意味がよくわかるようにします。つまり、どう表現すれば分かりやすく、考えやすくなるかということです。これも算数・数学のすばらしさの一つでしょう。

『たかが算数されど算数』の 3 部作が完成したあと、小学校 3 年生以上の学力があれば分かる『算数はおもしろい―子供たちに伝えたい算数の心』を対話形式の物語りとしてまとめました。ここにも「算数・数学のすばらしさ」が表れていますので、その一部を紹介しておきます。

私　逆数って聞いたことがあるかな。きょうは逆数について調べてみよう。

みのり　聞いたことないよ。どういうこと？

私　逆数の逆という字はさかさまという字だろう。だから、逆数というのはさかさまにした数ということなんだ。$\frac{2}{3}$ のさかさまは $\frac{3}{2}$ だろう。このように分母と分子を入れ替えると逆数ができるんだ。$\frac{2}{3}$ の逆数は $\frac{3}{2}$、$\frac{3}{2}$ の逆数は $\frac{2}{3}$ というわけだ。次の数の逆数はどのような数かな。考えてごらん。

① $\frac{2}{5}$	② $\frac{7}{2}$	③ $\frac{1}{4}$	④ $1\frac{2}{3}$

みのり　そんなのやさしいよ。分母と分子を入れ替えた数を書けばいいんでしょう。だから ① は $\frac{5}{2}$　② は $\frac{2}{7}$　③ は $\frac{4}{1}$
④ はどうしたらいいの。分からないよ。

私　① と ② は正解。③ は $4\div1=4$ だろう。だから $\frac{4}{1}=4$ と書くんだ。④ は $1\frac{2}{3}$ を仮分数にするんだ。仮分数にして考えてごらん。

みのり　あっ、そうか。仮分数にすればいいのか。分かったよ。
$1\frac{2}{3}=\frac{5}{3}$　だから　$\frac{5}{3}$ の逆数は $\frac{3}{5}$ だね。

私　よく考えました。④ も正解。分数を考えるときは、約分したり、帯分数を仮分数にしたり、仮分数を帯分数にしたりすることが大事なんだよ。それでは、もとの数とその逆数とは、どのような関係にあるかを考えてみよう。

みのり　もとの数の分母と分子を入れ替えた数が逆数なんでしょう。

私　そうだよ。では、もとの数とその逆数を2つ並べて書いてみるよ。

$\frac{2}{5}$と$\frac{5}{2}$、　$\frac{7}{2}$と$\frac{2}{7}$、　$\frac{1}{4}$と4

さあ、分母と分子を入れ替えたほかに何か気がつくことはないかな。

みのり　えーと、何が分かるかな。あっ！　そうだ。掛け合わせると、どれも1になるよ。

私　すばらしい。とても大事な発見だ。この関係(もとの数とその逆数を掛けると1になる)を利用すると、いろいろな事が分かるよ。

A　分数÷分数の計算の方法を考える。

$\frac{4}{7}\div\frac{3}{5}=\frac{4}{7}\div\frac{3}{5}\times1$……1を掛けても答えは同じ

$=\frac{4}{7}\div\frac{3}{5}\times(\frac{3}{5}\times\frac{5}{3})$…1を$\frac{3}{5}\times\frac{5}{3}$と表す。

$=\frac{4}{7}\div\frac{3}{5}\times\frac{3}{5}\times\frac{5}{3}$

……$\frac{3}{5}$で割って$\frac{3}{5}$倍にするともとの数$\frac{4}{7}$になる。

$=\frac{4}{7}\times\frac{5}{3}$

これで「分数÷分数」が「分数×分数」に変身したよ。

みのり　あっ、ほんとうだ。そうすると「分数÷分数」の計算ができるね。

私　逆数って便利だろう。そこで　このわり算とかけ算の式（$\frac{4}{7} \div \frac{3}{5} = \frac{4}{7} \times \frac{5}{3}$）をよく見てごらん。どうなっているかが分かるだろう。

みのり　あっ、後の分数$\frac{3}{5}$の分母と分子が入れ替わっている。そうすると、後の分数の分母と分子を入れ替えると、わり算がかけ算に変身するということか。

私　そういうことだ。その変身していくようすを逆数の考えが教えてくれたんだ。

みのり　すごい、すごい。これは便利だ。そうすると、これからは「分数÷分数」を「分数×分数」に変身させて計算すればいいんだね。

第10話

癌に負けるな

～前向きに　生きる姿が　癌に克つ～

「いのち」は天からの授かりもの、「いのち」を長短ではなく、どう生きたか、どう生きるかが重要だと私は考えています。

私は70代で大腸癌と前立腺癌の2つの癌を体験しました。いずれも5年をクリアしましたが定期的に検査を受けています。検査の結果、大腸癌の方は他に転移は見られないが、前立腺癌が再発していることが分かりました。PSAの数値が上昇し続けているのです。「年齢から考えると癌の進行は遅いので、寿命が先か癌の進行が先か判断がむずかしい。治療の副作用を考え合わせ、出来るだけ治療は遅らせましょう。」これが担当医の見解です。まだ2・3年は大丈夫だろうと自分で判断し、その期間をどう過ごすかが、私の大きな課題となりました。その間に何ができるか、何かに集中出来ないかと考え、執筆活動を始めました。

出版社の編集責任者から励まされ、この1年で4冊の著書を出版することができました。第9話で挙げた問題がその4冊の一部です。

現在、執筆中のこの著書は5冊目ということになります。ここで不思議なことがおこりました。執筆活動を始めてから半年ほど過ぎた頃から、PSAの値が下がり始めたのです。3か月に1度の検査ですがPSAの値は下がり続け、現在では正常値を保っています。担当医から「何か民間療法をしていますか」と尋ねられましたが、「何もしていません。ただ、何かに集中していたいとの考えから執筆活動を始め、すでに著作を出版しています。」と答えました。

このとき目にしたのがある週刊誌の衝撃レポート、医者にも理由は分からない「奇跡」は世界中で報告されている／がん「自然消滅」事例集という特集記事です。進行がんが何の治療もせずに消えた。怪しい話ではない。まぎれもない事実である。全世界でもごく一握りの人にだけ起こる奇跡的な症例の数々。科学では証明できないがんの真実を紹介する。そして、医師が体験したがんの消滅した事例をいくつか紹介している。以下、その一部を要約抜粋します。

日本医科大学武蔵小杉病院の勝俣範之医師（腫瘍内科部長）は死を覚悟していた患者の末期がんが、治療もしないのに自然に消滅していた不思議な症例を解明するため、ほかの事例を調べたところ、数々の「自然消滅」のレポートが発表されていることがわかったという。

「1966 年から 1987 年の間に、504 の自然治癒の症例が報告されていた。平均すると、全世界で年間 20 例。全世界でのがんの発症率から言うと、5 万人に 1 人という確率だが、起こり得ることだった。現在でも、自然治癒は世界中で発表されている。なぜ何もしなくても治ってしまうのか、そのメカニズムは明らかになっていないけれど、どの様な種類のがんでも、進行したがんであっても、自然に治ることがある。」と語る。

ここ数年の間に医学雑誌に論文として発表されたものの中にも、がんの自然消滅に触れた数々のレポートがある。

スイスの研究では、マンモグラフィで繰り返し乳がんが発症した患者の追跡調査を行った結果、6 年後にはその多くが自然消滅していた。

カナダの研究者らは、65 歳の男性患者の巨大な肝臓がんが自然治癒した事例を紹介している。

医師で、国際全人医療研究所理事長の永田勝太郎氏の体験。永田医師は、20 年前にこんな患者と出会った。

「肺がんが見つかった 74 歳のおじいさんは病院で手術を勧められた

けれど、拒否して私のところへ来た。手術は絶対に嫌だ、と言う。手術をしなければ、命は6か月ほどしかもたない。どんな説得にも応じないので、その理由を尋ねると、彼は特攻隊の生き残りだった。『仲間が死んでいったのに、自分がのうのうと生きているのは恥ずかしい。もう十分生きたから早く皆のところへ行かせてくれ』と。結局、手術はしなかった。漢方薬などを投与するだけにして、その間、自分の人生にどんな意味があるかを振り返るために日記をつけてもらった。不思議なことにがんはまったく進行せず、それから10年生き、85歳で寿命をまっとうされた。」

何ががんを抑え込む力となっているのか。永田医師は、心の持ち方が病を良い方向へ導いたのではないかと分析する。

「死を自覚し、自分の生きる意味を見つめ直し、それに向かって行動を起こすこと。そして、『生きていてよかった』という至高体験こそが、病を乗り切る条件になっているように感じている。どんな病気も、諦めてはいけない。」

作曲家の都倉俊一氏を兄に持つ元会社経営者の都倉亮氏（60歳）は、がんの再発を乗り越え、まさにその「諦めない」という生き方を貫いている。

34歳でくも膜下出血を発症し、55歳でステージⅣの中咽頭がんが発覚。治療で一時は回復するも、3年後の2011年にリンパ節への転移が見つかり、治療を受けた。現在、そこから2年が経過している。「最初にがんが見つかったとき、『私はもうだめなのですか？』と主治医に聞くと、『何とも言えない』と言われていた。こうして転移、再発もなく過ごしていることは、何か大きな力が働いているように思う。いま、さまざまな人から病気に関する相談のメールが多いときは1日200通届き、それに答えることが私の使命になっている。希望を失った人の心の支えになって、世の中に役立つことが私のライフワークだと思っている。」

医師にも説明は出来ないが、病気と向き合って前向きに生きること。数々の奇跡のレポートには、そうした共通点があるようにも見える。

吉野医師もこう話す。「かなり深刻な病状で、余命が1年程度かなと思われた人が、4〜5年お元気でいるケースもある。印象論ではありますが、そういう方々は、楽観的で、がんについて深く悩まないという点が共通しているように感じる。」

そのような見解がある一方で、がんの自然消滅の仕組みを遺伝子レベルで解析しようと奮闘している医師がいる。

昔から「病は気から」と言われますが、心の持ち方　前向きに生きる生き方が健康を守るうえでとても大事だということを示すレポートでした。私が現在体験していることも、これらの事例の一つにあてはまるものかも知れません。

先日、テレビのぴったんこカン・カンで放映された「瀬戸内寂聴91歳の乙女」もおそらくこれらの事例の一つでしょう。寂聴さんは食欲旺盛、「私は71歳です。」と20歳も若く表明されています。

寂聴さんは「すること、したいことがいっぱいある。死ぬまで著作活動を続ける。」と意気軒昂です。

医療については、医療技術の進歩と新薬の開発、医療設備の発展と充実が中心課題ですが、医療従事者と患者の心の持ち方、生き方がとても大きな課題となってきました。

テレビの人気ドラマ「ドクターズ」はこのことをテーマにしているから絶大な人気があるのでしょう。

科学や技術が急速に進歩し続ける現代。うっかりすると、そのことばかりに目を奪われてしまいますが、人間としての心と両立することで、はじめて科学や技術のすばらしさが光り輝くのです。

私も寂聴さんの生き方を手本に、残された人生を「生きていたからこそ、ここまでできた」と言える生き方を続けていくつもりです。

健康や経済に恵まれない弱者が増え続けていますが、自分が置かれている立場で、今、何ができるか前向きにとらえ、実行できる勇気と元気さを持ちましょう。目標がはっきりしていれば、希望実現の確率は高くなると、私は確信しています。

第11話

若者よ　資格と実力を身につけよう

～チャンスを　つかみ生かそう　それは今～

就活、婚活と若者世代にとっては、とても厳しい時代です。この厳しさは経済格差が広がる中で、それぞれが自分中心に考える習性を身につけてしまった結果だと、私は考えています。この現象に便乗しているのが「自己責任」という言葉でしょう。これも責任を他人に押しつけ、自分には関係がないという自己本位の考えです。

日本人が守り育ててきた絆、人と人とのつながりはどうなってしまったのでしょうか。

今のこの時代を切り拓くためには、自分に実力をつける以外に方法はないでしょう。実力がある人は、就活、婚活で悩んではいません。この事実をしっかりと認識しましょう。

自分に実力をつけることの大事さは、昔も今も変わりません。

私は、旧制の教育制度で入学し、新制の教育制度で卒業しました。つまり、旧制と新制の２つの教育制度を体験しています。

終戦直後の旧制工業学校電気科の入学倍率は凄まじいものでした。工業学校電気科を卒業すれば、電気技術士の資格が取得でき、戦後はこの資格があれば、国内はおろか海外でも就職口があったのです。新制に教育制度が変わってからは、この資格は国家資格となり、卒業しても国家試験に合格しなければ、電気技師の資格は取得できなくなりました。弁護士資格、医師資格と似たようなものです。この意味で、国家資格があれば、就活でそれほど困ることはないでしょう。

今では、小企業といえども従業員のための社内研修が厳しくなりました。

私も、中・小企業から研修のための講師として、何度か講師依頼を受けましたが、小企業で当時研修を受ける人たちは新制中学を卒業した人達ばかりで、高校を卒業した人は皆無でした。そこで、話のポイントは次のようにしました。

・学生時代は学費は自分持ちで、いろいろ学んできたけれど、企業では給料を得ながら知識や技能を身につけることができる。
・このことをうまく利用して、自分が今置かれている立場で、仕事に役立つ知識や技能を身につけ、国家資格を取得することに挑戦しよう。そのために先輩から学ぶことが多くある。
・一つでも多く、出来るだけ上級の国家資格を取得するように努力しよう。このことが企業や自分に多く跳ね返ってくる。
・転職するとき、自分が取得した国家資格が大きな役割を果す。つまり、企業における研修は、企業負担で自分を磨いてくれる。これらの話の後、技能や国家資格が自分自身を大きく変えた実例を話すことにしています。

以下、その実例を紹介しておきます。

●事例1　女子人文学部を卒業して、税理士に転身。目下、遺産相続関係を専門として活躍中。

Ｎさんは京都女子大学文学部国文学科で日本の古典文学を研究し大学を卒業しました。大学を卒業して、２年後に結婚しましたが、子宝に恵まれず、平凡な一主婦として終わることに疑問を持ち、自分が打ち込める専門的な仕事を模索し、税理士資格を取ることを決意しました。一口に税理士といっても企業の税務会計・不動産の登記関係・遺産の相続関係等自分が専門に扱う分野は多岐に渡っています。

Nさんは遺産相続に係わるトラブルをよく耳にしていました。このことが税理士として、遺産相続関係を専門にしていきたいと決意した動機だったのでしょう。決意してから2年後、Nさんは見事に税理士の国家試験に合格しました。大学で学んだ分野とまったく異なる分野への進出です。今では事務所を設け、相談依頼が後をたたないということです。

●事例2　公立高校普通科を卒業して、自動車整備の専門学校に進み、目下、一級整備士として活躍中。

K君は学校の成績はあまりふるいませんでしたが、機械いじりが好きな子どもでした。子どものこの特性を見抜いた父親は、大学への進学はあまりすすめず、専門学校への進学をすすめました。子どもの家庭環境から考えると大学進学をすすめるのが一般的です。ここに、この父親の偉さがあるのでしょう。父親は薬学博士で、製薬会社の重鎮です。

自分の好きなことを生涯の仕事とし、その仕事を通して社会に貢献する。見栄えや体裁にとらわれずに自分の人生を確立することの大切さを大事にしてきた父親の英断です。

K君は高校を卒業すると全寮制の名古屋にある自動車整備の専門学校に進学しました。3年間の学業を終えたK君は自動車整備士一級の国家試験に見事合格しました。

現在、郷里の大手自動車会社で自動車整備の技術者として活躍しています。

●事例3　新制中学を卒業し、瓦屋に職人奉公として勤め、瓦職人としての腕を磨き、目下、瓦職人の現場指導者として活躍中。

O君は家庭環境の絡みからか学業成績がふるわず、高校への進学は本人も考えていないという状況でした。

新制中学を卒業すると近くの瓦屋さんへ見習い奉公として勤めました。同級生の殆んどが高校へ進学するという中での選択です。

中学卒で就職する人たちが激減していたという現実が幸いしたのでしょう。職場では瓦の焼き方、それによる瓦の良し悪しから屋根の葺き方にいたるまで毎日毎日優しく厳しい指導が続きました。昔ながらの職人気質による技術指導です。その結果、瓦の品質判断に始まって、あらゆる種類の瓦屋根の葺き方をマスターしました。瓦屋根葺きの最高の技術はお寺の屋根にあると言われるそうです。京都には文化財に指定されたお寺が数多くあり、それらのお寺の瓦補修に連日追われています。

O君が今抱えている最大の課題は、特別な技術を必要とするお寺の瓦屋根葺きができる職人が年々減少し、やがてはいなくなるのではないかということです。

もう一つ象徴的な事例が朝日新聞に掲載されていましたので、要約抜粋して紹介します。

●事例4　司法書士資格を取得し、報酬0で東北大震災被害者のカードローン減額に奔走、活躍中。

いわき市平の出身の菅波佳子（42）さんは、平商業高校を卒業して地元の信用組合に勤めた。2000年に父の建設会社が債務の「不渡り」を出して倒産。そのとき、裁判所に行き、当番弁護士を教えてもらい、事務所を訪ね依頼するが「忙しい」と言って断られる。仕方がないので、行き当たりばったりに5、6か所の弁護士事務所を回ったが、どこも「忙しい」と門前払い。その日はあきらめ、翌日電話を片っ端からかけて、やっと引き受けてくれる弁護士が見つかった。まず聞かれたのは「報酬払えますか」だった。

助けてくれるはずの専門家にそっぽを向かれた体験をきっかけに、法律家になって、困っている人たちを助けようと決心した。勤めていた信用組合を退職し、法律の勉強を始めた。資格学校の通信教育を受け、半年後にまず行政書士試験を受け1回で合格した。

司法書士を目指し、再び通信教育を受けた。今度は2年間で習得するコースだった。睡眠時間を5時間に減らし、ひたすら勉強して、2年後の05年に司法書士に合格した。

翌年、大熊町の大野駅前で開業した。第一原発から4キロしか離れていない。大熊町をあえて選んだのは、弁護士も司法書士もいない「司法過疎」の町だったからだ。

「どんな依頼も断らない」をモットーにした。それが口コミで広がり、依頼人も増えた。

2013年1月29日、福島県大熊町の司法書士、菅波佳子（42）はカードローン会社に電話していた。依頼人の借金、99万円についての交渉である。

「債務を放棄してほしい。」

借金をゼロにしてくれということだ。

「冗談でしょう。それは無理です」

佳子は食い下がった。

依頼人である南相馬市の男性（64）は、原発から16キロの避難指示解除準備区域に家がある。今は宮城県に避難中で、原発事故のため職も失った。年齢が年齢なので再就職は難しい。そうした被災状況を淡々と説明していく。電話を始めてから20分近くが過ぎた。

電話の向こうで、担当者は何か考えている。

「利息だけだったら免除も可能かと思うのですが、元金などとても……」

佳子は一気にトーンを上げた。「この方は義援金や賠償金でやっと暮らしています。そんな人から金を取るというんですか！　減額してください！」

義援金は法律で差し押さえが禁止されている。そこから払えというのか。

相手の返答がちょっとかわってきた。

「……上と相談してみます」

1週間後、担当者から電話がかかってきた。

「上司の了解が取れました。99万円の元金を40万6千円に減額、一括返済。それでどうでしょう。」

貸金業者が借金を半額以下に減額したのだ。佳子は壁を一つ突破した。

男性は他のローン会社にも64万円の借金があった。佳子はそこも交渉し、元金の3分の2を減額させた。2社合わせた元金163万円は60万円に減った。

大熊町には、司法書士は佳子しかいない。原発事故前、事務所には多重債務者が大勢相談にきていた。

事故の3か月後、佳子は驚いた。彼らの殆んどが、義援金や東電の仮払金からローンを返そうとしていたのだ。

以上4例を挙げましたが資格があるだけでは駄目です。それに見合う以上の実力がなければ世間は認めてくれません。

今では高校進学が当たりまえ、大学進学も50％以上になりました。大学を卒業しても資格も実力もなければ、就活で困るのは当然です。

資格案内を見れば分かりますが、ずい分多くの資格があります。昔から、弁護士、医師、公認会計士の国家資格は三大難関資格と言われていました。これらの資格取得は無理だとしても、他の取得可能な資格、自分に適した資格は多くあるはずです。

1つの資格だけではなく、できるだけ多くの資格を取得しましょう。

医師、弁護士、公認会計士の資格がそろっていれば、社会への貢献度はとても大きなものになります。

医師資格を持っていたとしても、医学の進歩に合わせて専門分野がどんどん広がっています。今では、どんな分野の専門資格を持っているかが問われるようになりました。

この意味で、どの分野で活動していても「人生は生涯が学習」ということになるでしょう。

「鉄は赤いうちに打て」という諺がありますが、この諺に従うと「若いうちにできるだけ多くの資格を取得せよ」ということになります。

1日は誰でも24時間。これは平等です。この時間をどのように使うかで実力に差ができるのです。24時間を5時間分位にしか使わない人と、50時間分ほどに使う人では差が出てきて当然でしょう。

自分に与えられた時間をうまく活用する。1つの事柄をしながら2つにも3つにもその事柄の内容を利用する。この姿勢が多くの国家資格を取得することにつながり、同時に自分の実力を大きく伸ばすことになります。

人生にはチャンスが3度あると言われています。そのチャンスはいつあるのか誰にも分かりません。私は困難にぶつかったときが1つのチャンスだと思っています。困難をどうすれば乗り越えられるか。一生懸命考え、努力するからです。困難を乗り越えたとき、人間は一まわり大きくなっています。

資格取得について、厚労省は「資格をとる学校に通う費用の4割を補助し、実際に資格が取れれば、さらに2割を上乗せする」という案を2013年12月に提示しました。大きなチャンスです。

第12話

原発問題は国民的課題

～エネルギー　それは自然か　人工か～

福島の「原発事故」以来、毎日、海へ数百トンずつも汚染水が流出しているという現実を目の当たりにして、「いのちの尊さ」「自然の大切さ」が私たちの上に大きな課題としてクローズアップされました。

この汚染水問題について、原子力規制委員会は汚染水事故の国際原子力事象評価尺度（INES）の暫定評価を「レベル3」（重大な異常事象）に引き上げました。

原発事故に対する政府の対応の拙さが問題をここまで大きくしてしまったのです。

「いのちの尊さ」「自然の大切さ」が問われているのです。世界中の国々がわが国の動きを注視しています。

原発事故による被害はどこまで拡がるのか、現状では予想ができません。原発による被害は目に見えない放射線被害ですから、広島や長崎に投下された原爆による被害と合わせて考える必要があります。

政府はようやく「汚染水問題を含め、福島第一原発の廃炉を実現できるか否か。世界が注視している。政府が一丸となって解決にあたる。」と安倍総理が宣言しました。(2013. 9. 3)

海洋汚染はわが国だけの問題ではありません。全世界の問題です。つまり、加害者は日本で被害者は全世界ということです。

各国が日本の政府に注目するのは当然です。

この大事故を教訓に原発問題を国民的課題としてとらえるべきだと私は考えています。

エネルギー問題に、国として、国民としてどう対応するのかを考えましょう。それが今、私達に課された課題ではないでしょうか。

エネルギー資源は、文明の進歩と共に、その重要度が大きくなってきました。エネルギーには自然エネルギーと人工的エネルギーの2つがありますが、自然エネルギーを利用しながら人工的エネルギーを工夫する。これが今の現状です。

自然エネルギーにしても人工的エネルギーにしても、それを利用するとき、そのメリット・デメリットが問題になります。メリット・デメリットの基準は経済的な側面と環境に与える側面の2つがあります。

自然エネルギーについては、石炭、石油に続いてシェールガスの開発が進められていますが、これらはいずれも有限です。それに比べて風力、地熱、水力、潮力、太陽光などによる発電は無限です。

人工的エネルギーは原子力発電が主流です。

経済的側面と環境に与える側面の両面から原子力発電が世界に広がりを見せていますが、それに“待った”をかけたのが福島の「原発事故」です。事故が発生したとき、経済、環境の両面に甚大な被害を与えることが浮き彫りになりました。これまでも原子力発電の危険性は問題視されていましたが、科学技術の進歩に隠れて安全神話が世論を圧倒していたのです。

福島の「原発事故」をきっかけに、原子力発電の安全神話が脆くも崩れ去りました。

ドイツではすでに原発事故の恐ろしさを予見して、原発から撤退しています。事故が発生したとき、それを防ぐ手だてが科学的に証明できないとの理由からです。つまり、100％完全で安全な科学技術は現段階では考えられないということでしょう。

それでも安倍総理をはじめ自民党独裁の安倍内閣は原発推進派が多数を占めています。国内の原発稼働のみならず、海外の発展途上国への売り込みに積極的です。日本の原発技術は世界一であり、絶対安全で、経済的にも最大の効果がある、というのを最大のポイントにしています。

日本の原発技術がそれほど優れたものなら、福島の災害避難民の多数がいまだに故郷や自分の家に戻ることができず、地方で避難生活を自分の意思に反して強いられている事実をどう説明するのでしょう。除染作業は進まず、その上今度は汚染水の海への流出です。

9月5日の朝日新聞「声」の欄に次の記事（主旨要約）が出ていました。

汚染水　審議先送りにあぜん

朝日新聞1面（8月31日）の「汚染水漏れ問題　国会審議先送り」の記事を読んで、あぜんとした。9月7日の国際オリンピック委員会総会前に、東京電力福島第一原発の放射能汚染水漏れを巡って審議が紛糾すれば、「東京五輪招致に影響しかねないとの判断も働いた」という。国民の安全より五輪が大事か、と言いたい。

汚染水問題で、東電から情報がなかなか出てこない。このことは外国メディアの方が関心が高いと聞く。しかし日本では国会議員も大きく問題にしない。そのことに恐ろしさを感じる。

私もまったく同感です。オリンピック招致よりも、原発問題への対応が優先されるべきです。原発問題への的確な対応もできない国でのオリンピック、世界は認めてくれないでしょう。

環境を限りなく破壊していく汚染水の海への流出、それも毎日数百トンという厖大な量です。世論や世界の国々からの批判を受けて政府もようやく動き出しましたが、新聞報道によればその対策も効果は未知数のうえ技術も不確かとのことです。原発安全神話はどうなっているのでしょう。世界の英知を集め、汚染水の流出を1日も早く止めることが最重要です。

「原発事故対策」に重点を置きながら、エネルギー問題を国民的課題にしましょう。このとき重要な役割りを果すのが新聞・テレビ・週刊誌などに代表されるマスコミです。災害避難民の現状、災害地の現状、災害による自然環境の変化の現状などを的確に全国民に伝え、エネルギー問題に対する世論の輪を広げるのです。

原発問題に関して、ある週刊誌が「フィンランドの核廃棄物最終処分場を見に行った小泉元首相がいま思っていること」という特集記事を掲載しました。その要点は次のようなものです。

- 国会議員を説得するとして、「原発は必要」とする線でまとめる自信はない。「原発ゼロ」という方向なら説得できる。
- プルトニウムの半減期は2万4000年。こうした放射性廃棄物が無害になるまで10万年かかる。
- 人類は核燃料を使ってエネルギーを生み出したり、兵器を作ったりする方法は知っているが、その後に出る“ゴミ”を安全に処理する方法を見出していない。
- 小泉氏は原発推進派への鞍替えを勧める人に対し、「脱原発への意思が強まった」と言い放った。

また、新聞の報道によると小泉氏は、こう語ったという。

〈「放射性廃棄物が無害になるまで10万年かかる。300年後に考え

る（見直す）っていうけれど、みんな死んでる。日本の場合、そもそも捨てる場所がない。原発ゼロしかない」〉
〈「今ゼロという方針を打ち出さないと将来ゼロにするのは難しい。野党はみんな原発ゼロに賛成だ。総理が決断すればできる。あとは知恵者が知恵を出す。」「戦はシンガリ（退却軍の最後尾で敵の追撃を防ぐ部隊）がいちばん難しい。撤退が。」〉
〈「敗戦、石油ショック、東日本大震災。ピンチはチャンス。自然を資源にする循環型社会を、日本がつくればいい」〉

・小泉氏が原発問題に言及した背景には何があるのか。
「ある種のメッセージであろう。福島第一の汚染水の問題に対し、中国・韓国だけでなく、欧米各国も日本政府の姿勢を批判し始めている。このままだと日本は外交的に窮地に陥る。今だからこそ脱原発を前面に打ち出すべきだ、と小泉さんはそう言いたいのではないだろうか」（浅川氏）
・今のところ、安倍首相が小泉氏のメッセージに反応した気配はない。福島第一の処理に、東京電力に代わって政府が乗り出すことを決めたが、原発対策の方向性は、相変わらず「推進」のままでいる。
・「福島第一の敷地全体が、“放射能の沼”のようになっている。溶けた燃料棒の冷却には水が必要だったが、水をかけ続ければ汚染水が大量に発生するのは最初から分かっていたこと。そのための措置を施すべきだったが、東電は敷地内のタンクに応急的に保管しただけ」（京都大学原子炉実験所助教・小出裕章氏）
・自民党内からも、こんな声が上がり始めた。
「自民党は事故以来、推進派、懐疑派、脱原発派に分かれている。小泉進次郎氏は脱原発。中東の政情不安や再生可能エネルギー普及の遅れなどを考えると、国としてのエネルギー問題で見た場合、原発ゼロでいいのかどうか議論はある。

ただ、推進派は、稼働もしていない高速増殖炉『もんじゅ』に年間200億円をつぎ込み、青森・六ヶ所村の再処理施設に数千億円も費やしておきながら、『コストが上がったから原発は再稼働しなければ』ということを主張する。この理屈はどう考えてもおかしい」（河野太郎衆議院議員）

・「事故の原因究明も、その処理もままならない現状で、原発の新規建設や再稼働は無理というもの。政府は原発を海外に輸出しようとしているが、事故処理や核廃棄物処理の方向性もないまま、海外に原発を売ろうというのはおこがましい」（自民党・福島原発事故究明に関する小委員会委員長の村上誠一郎衆議院議員）

・「今の安倍政権は、まるで独裁政権。国民の多くは原発に不安を抱き、再稼働にも慎重な声が多いのに、推し進めようとしている。小泉さんは、ぜひ政治の第一線にいる息子の進次郎さんにも脱原発を呼びかけてほしい。そして進次郎さんには、自民党の暴走に歯止めをかける存在になってもらいたい」（山本太郎参議院議員）

「ピンチはチャンス」このことは今までにも数多く体験し、そのことで人類の歴史は発展してきました。福島での「原発事故」をチャンスととらえ、エネルギー問題を国民的課題にしましょう。

直ちに「原発ゼロ」ではエネルギー問題の現状に対応することは困難でしょう。それでも「原発ゼロ」の方向で、エネルギー問題を国をあげて議論し、国民的課題に押し上げましょう。

汚染水流出に関して、韓国・中国などは日本からの水産物輸入を全面禁止にしました。他の国々も日本からの水産物輸入に関して、日増しに厳しくなってきています。水産業関係の被害は今後ますます増大していくでしょう。これらはいずれも「原発事故」による経済的被害です。

「原発事故」による経済的被害・自然環境被害は、政府の具体的な対応が急速に、集中的に進められない限り、まだまだ増大していきます。

エネルギー問題が「国民的課題」となることで、日本の科学技術は大きく発展するでしょう。日本人が持つ知恵と技術で、この難問を克服できると私は信じています。

2020年のオリンピック開催地が東京に決まりました。3つの開催候補の中で、これまでもあらゆる条件で東京は最優位に立ってきましたが、汚染水問題に対する対応が大きな課題となってきました。東京の最後のプレゼンテーションで、高円宮妃久子さまが東日本大震災の復興支援に対する世界の国々やIOCの方々に対して感謝とお礼を述べられ、続いて安倍総理大臣も本人が直接災害復興が着実に進んでいること、汚染水問題も国が前面に立って対応していることを訴えたことが大きく役立ったのでしょう。

IOCの総会で総理自身が世界の国々に災害復興と汚染水処理を約束したのですから、後は実行あるのみです。

エネルギー問題に関しても災害復興と汚染水処理問題の中で日本人の知恵と技術を示し、東京オリンピック開催が世界的に大きく貢献することを明確にしましょう。このことが東京オリンピック開催に協力してくれた世界の国々に対しての最大の感謝とお礼になるでしょう。

あとがき

執筆活動をはじめて1年が過ぎました。これまでの1年間に4冊の著作を出版することができました。出版社の方々のご協力のおかげです。これまでは私が専門とする小学校の算数教育に係わる分野の著作でしたが、それにとらわれていると執筆活動そのものが大幅に制限されるとの思いから、このような随筆風の著作に変えました。

小学校教育に50年関わってきたからでしょう。どの小話も教育論的な傾向がありますが、いずれも変化が激しい今の時代に必要だと私が感じたものを題材として、とりあげました。120頁前後にまとめることを前提としていますので、この第1集は12話となりました。とりあげたいと考えている題材が、まだいくつかあります。

この調子で著作を進めていくと、後2、3冊は執筆できるでしょう。それらをこれからの1年間にまとめることは無理でしょう。何年かかるか分かりませんが今の時代にふさわしい課題に挑戦し続ける方向性が確かになったことが、この著作での大きな収穫です。

高齢になっても知的活動を習慣化することが、長寿社会では不可欠です。健康で自立し、そのうえに社会に少しは役立つと思える活動ができる幸せはとてもありがたいことです。

出版にあたっては、これまでと同様、郁朋社の佐藤様や社員のみなさんにはずいぶんお世話になりました。ありがとうございました。

2014年　著者　藤田幸雄

〔著者略歴〕

京都学芸大学数学科卒業（現京都教育大学）

京都学芸大学附属京都小学校教官

京都市教育委員会指導主事

京都市立向島藤の木小学校校長　退職

京都市教壇実践研究会副会長

京都市算数教育研究会会長

退職後、成基学園小学部算数科研究員・講師として19年間勤務

成基学園より師魂表彰を受ける

〔主な著書〕

京都の算数ものがたり（共著）日本標準

子どもの発言の取り上げ方（共著）明治図書

新しい教師のために

　―算数科学習指導の手引―（共著）京都市教育委員会

算数指導のポイント②

　―日本数学教育学会編―（共著）東洋館出版社

指導事例集　小学校算数科4（共著）明治図書

落ちこぼれ予防作戦（算数）村田・藤田担当　京都新聞25回連載

たかが算数されど算数（図形編）郁朋社

たかが算数されど算数（数と計算編）郁朋社

たかが算数されど算数（文章題編）郁朋社

算数はおもしろい　郁朋社

（参考）

この他に月刊図書明治図書の算数教育、東洋館出版社の新しい算数研究にそれぞれ数回執筆。

京都新聞　教育の玉手箱に数回執筆。

団塊《だんかい》世代《せだい》と若者《わかもの》世代《せだい》へのメッセージ

──高齢老人の夢と希望　第1集──

2014年2月16日　第1刷発行

著　者 ── 藤田《ふじた》 幸雄《ゆきお》

発行者 ── 佐藤 聡

発行所 ── 株式会社 郁朋社《いくほうしや》

〒101-0061　東京都千代田区三崎町 2-20-4
電　話　03（3234）8923（代表）
ＦＡＸ　03（3234）3948
振　替　00160-5-100328

印刷・製本 ── 株式会社東京文久堂

装　丁 ── 根本 比奈子

落丁、乱丁本はお取り替え致します。

郁朋社ホームページアドレス　http://www.ikuhousha.com
この本に関するご意見・ご感想をメールでお寄せいただく際は、
comment@ikuhousha.com までお願い致します。

 ISBN978-4-87302-577-3 C0095

日本音楽著作権協会（出）許諾第1315312-301号